我
思
- COGITO -

沈志明 主编
Collection de précurseurs
先 驱 译 丛

（法）加 缪 著

沈志明 译

群

魔

Albert Camus

GUANGXI NORMAL UNIVERSITY PRESS
广西师范大学出版社
· 桂林 ·

群魔
QUNMO

策　　划：吴晓妮@我思工作室
责任编辑：韩亚平
装帧设计：何　萌
内文制作：王璐怡

图书在版编目（CIP）数据

群魔 /（法）加缪著；沈志明译. -- 桂林：广西
师范大学出版社，2022.9
　（先驱译丛 / 沈志明主编）
　ISBN 978-7-5598-5148-2

　Ⅰ．①群… Ⅱ．①加… ②沈… Ⅲ．①剧本－法国－
现代 Ⅳ．①I565.35

中国版本图书馆 CIP 数据核字（2022）第 113377 号

广西师范大学出版社出版发行
（广西桂林市五里店路 9 号　邮政编码：541004）
网址：http://www.bbtpress.com
出版人：黄轩庄
全国新华书店经销
山东韵杰文化科技有限公司印刷
（山东省淄博市桓台县　邮政编码：256401）
开本：787 mm × 1 092 mm　1/32
印张：9　　　　　　　　字数：157 千
2022 年 9 月第 1 版　　　2022 年 9 月第 1 次印刷
印数：0 001—5 000 册　　定价：52.00 元

如发现印装质量问题，影响阅读，请与出版社发行部门联系调换。

CONTENTS

目 录

译　序

批判虚无主义的文学杰作

1957年开始，一家法国杂志终于发表了加缪于1955年撰写的《赞陀思妥耶夫斯基》。他在文中指出："我在二十岁时遇到这部作品（《群魔》），当时受到的震撼二十年后尚存。""我将《群魔》与其他四五部伟大作品并列：《奥德赛》《战争与和平》《堂吉诃德》和莎士比亚戏剧。"加缪说出爱慕陀思妥耶夫斯基的两个决定性理由。首先，他从中找到一系列人性的"披露"，即平时有意识不表露出来的，并指出，"他（陀氏）不仅告诉我们已知的东西，而且告诉我们拒绝承认的东西"，就是让读者知晓他这位作家"本人的痛苦"，尤其是作家本人蒙受屈辱的场景，同时带有治愈屈辱的"悲剧性希望"。其次，陀氏在其作品中显露的经历不仅仅是个体的，而且揭示了一种文明的真正危机。我们不妨引用加缪改编创作《群魔》时期的《手记》（1955）中的一句话："对于我而言，陀思妥耶夫斯基首先是作家，但他在尼采之前很早就能识别当代虚无主义，将其定义，预言其伤天害理的结果，并希图指明拯救的道路。"

由此可见，加缪选择陀氏笔下人物是与严格意义上讲的小说情节剥离的，他所选择的人物或哑角经常采取思想立场的人格化——至少从《西西弗神话》到《反抗者》是如此；抑或人物的举止态度、立场行径显示着和预示着新的虚无主义——伊凡·卡拉马佐夫和基里洛夫便是突出的例子。又如《群魔》中其他人物：斯捷潘·特罗菲莫维奇，说教式的老理想主义者，被加缪讽刺为陪衬的角色和唉声叹气的家伙；或者齐加列夫，所谓革命的鼓吹者，说教似的鼓吹俄罗斯革命，让老百姓直接掌权。通过齐加列夫，一条无形的线索，把恐怖主义者、"同类相食者"和"破坏文物者"联系在一起，把从法国大革命到恐怖时代（指法国大革命时期从 1793 年 5 月至 1794 年 7 月）各种类别的人全搅混在一起。好在，加缪并没有无条件地赞赏《群魔》的作者。例如，他跟安德烈·马尔罗一样善于启迪谦恭，不赞成陀思妥耶夫斯基使用"狂热或挖苦人的手段"，所以加缪一再同时提及托尔斯泰，特别赞赏《战争与和平》。加缪的聪明之处，在于让陀氏和托翁并驾齐驱，指出"陀思妥耶夫斯基首先寻求动态变势，托尔斯泰守持形态套路"，在《战争与和平》女主人公与《群魔》女主人公之间存在着类似电影人物与戏剧主人公之间的区别：更多的热闹和更少的肉欲需求。加缪之所以对作为政论作者的陀思妥耶夫斯基兴趣不大，是因为他担心陀氏政论作者的一面会喧宾夺主而削弱作家优势。

简而言之，加缪把小说《群魔》改编成剧本并搬上舞台获得成功，首先多亏他正确地突出表现了反抗精神与虚无主义的冲突，并使之贯穿始终。

加缪之所以把小说《群魔》搬上舞台，与他早在 1938 年参加过《卡拉马佐夫兄弟》的演出有关，该剧当年在阿尔及尔市由著名作家科波[1]导演，加缪扮演伊凡。1958—1959 年，加缪不再是个演员，而是改编者和导演。在剧本创作中加缪几乎把陀思妥耶夫斯基搬回文学殿堂，诚然，反抗精神和虚无主义的冲突始终存在，意识形态的傀儡依然存在：彼得·维尔科文斯基、齐加列夫等一大串人物，恐怖时期的预报者们再一次堂而皇之纷纷登场，尼古拉·斯塔夫罗金和基里洛夫也在其中，他们组成了一群"心乱如麻的角色"。我们不妨把加缪改编和导演的《群魔》演出节目单上的介绍摘录如下："如果说《群魔》是一本预言书，这不仅仅因为书中人物宣告了我们的虚无主义，他们也把撕裂的灵魂或死亡的灵魂搬上舞台。"

---

[1] 科波（Jacques Copeau，1879—1943），法国演员、作家、文艺评论家。

加缪把《群魔》搬上舞台最主要的贡献是把当年官方审查删除的那一大段恢复了，即把尼古拉·斯塔夫罗金向第科尼主教忏悔的那一大段全部上演了。从内容，抑或从政治思想性来讲，这是加缪身为剧作艺术家、编剧理论家、戏剧评论家的最大贡献，因为他把文本被官方砍除的重要内容，即所谓"黑色中心"复活了。于是戏剧架构便替代哲学评论：对照斯塔夫罗金让人难以解释的行为，无论是行动的次要事件还是伊万·沙托夫神秘地被杀害。尽管谋害放在同等重要层面，陀氏采用了一则真人真事，虚无主义者涅恰耶夫被判了重罪（1869 年）。这个场景揭示两个事件纠结在一起，互相昭示启发。很显然，斯塔夫罗金是混世魔王，预示真正的着魔者。

　　我们记得加缪在《反抗者》中第一次让"虚无主义"这个词出现，是提及屠格涅夫发表于 1862 年的小说《父与子》：巴扎罗夫这个人物便是虚无主义的象征。根据海德格尔的见解，这是德国哲学家雅科比（Friedrich Heinrich Jacobi，1743—1819）的说法，他第一次采用这个词是在一封给费希特的信中，于 1799 年正式发表，后来由法国作者收入《造新词或新词表》。加缪本人在《反抗者》中早已使用这个概念。奥古斯丁·德·坎特伯雷 [1] 在《论真正的宗教》一书中用的是"nihili homines"（直译：虚无的人们），是指那些不相信上帝的人会滑入虚无中去。读者们或许会问，为什么我们那么不厌其烦追溯词源呢？因为法国人加缪是必须信仰天主教的，这说明加缪是造反派、革命派，他早在《反抗者》中就使用这个概念了。

那么，加缪为什么并没有在更早的《西西弗神话》中使用这个词呢？因为他分析"荒诞"这个概念时，企图使其纯而又纯地表达，剔除粗糙的外表。事实上，荒诞根本就是虚无主义的一种象征，适宜于对时代的感受性，而虚无主义是一种运动，来源更为遥远，而且影响更为广泛。因此，法国作家要以荒诞来做的事情，正是尼采要以虚无主义来做的事情。大概为了避免误会，加缪在 1942 年 9 月 22 日给加斯通·伽利玛寄《西西弗神话》时特意附上一段"请予刊登"的说明文字，在这段介绍该书的短短文字中，"虚无主义"的字样竟出现两次。并且，他在给法朗西斯·篷热（Francis Ponge）的信（1941 年 1 月 27 日）中提及虚无主义与尼采。到了《反抗者》，不但明确提及虚无主义，而且有了新的感知，他指出："问题在于是否

---

1 奥古斯丁·德·坎特伯雷（Augustine de Canterbury，？—约 604 年），英格兰坎特伯雷首位大主教。

可以给一种好的虚无主义下定义。"1951年，加缪在跟安德烈·布勒东讨论时写道："没有什么好的和坏的虚无主义，只有一种漫长而残酷的冒险，咱们大伙儿都是团结一致的。""从孤独的反抗到孤独的反抗，伴随着对价值的思考，伴随着承认某些价值必要性的思考，即对承认指引我们行动的某些价值有效性的思考。"从上述评价来看，加缪并没有把虚无主义的种种表现一棍子打死，他在回护《反抗者》的文章中写道："虚无主义以各种各样的面貌出现，只有一种虚无主义，我们大家都对其负有责任，只能连同其种种自身的矛盾得到接受之后才得以了结。"

综上所述，我们至少可以说，加缪本人对虚无主义有一个漫长的认识过程，而虚无主义的定义也诉诸自身的历史，其运动随着发展和进步而深入并加强。按加缪自己的说法，他跟随伊凡·卡拉马佐夫一起达到形而上反抗的层面，即绝对否定的程度，再逐步达到拒绝拯救（而尼采还加"绝对"二字）。至于艺术层面，形式主义和现实主义也会有虚无主义，前者是因为否认现实，后者因为现实主义的创作方法可以包含虚无主义的内容，即对虚无主义的批判。例如，尼采确认上帝死亡："假如虚无主义无能力相信，其最严重的征兆并不在于无神论，而在于无能力相信存在之物，无能力相信看到正在做的事情，无能力经受奉献在人面前的东西。""虚无主义者不是什么也不相信，而是不相信已经存在的东西。"《群魔》中，彼得·维尔科文斯基是诉求做贼权的虚无主义者，只承认强权意志。加缪写道："虚无主义辩证法是旨在否定一切不属于本身的纯粹演变。"加缪对虚无主义的结论性评价是，"一言而为天下法"："虚无主义是形而上反抗和历史性反抗的变态结果"。

加缪改编的《群魔》中，核心人物是基里洛夫，他是最典型最重要的虚无主义者，拥有一整套虚无主义的说教。他认为世人生活并不美好，另一个世界又不存在。上帝只是一个幽灵，是被害怕死亡、害怕痛苦所激发的幽灵。为了自己战胜痛苦、战胜恐怖，必须自杀。于是，世人就不再有上帝而终将自由。于是，人们便将历史分割为两部分：从大猩猩直到上帝毁灭，从上帝毁灭再到世人的神圣化。他说："敢于自杀的人，就是上帝，尚未有人想到这一点。而本人我，想到了。"又说："为了扼杀恐惧而自杀之人，即可立地成上帝。"他谈到自身的感受时指出："我不相信永恒的来世生活，但相信现世的永恒生活。"基里洛夫的种种悖论对我们的启示不可小觑。有人问基里洛夫："假如有人向您数学般精确地证明真理存在于基督之外，您宁愿跟基督而不跟真理在一起？"对于这个把基督与真理对立起来的问题，基里洛夫回答："驱使一国人民生命的盲目力量去寻找上帝，比理性比科学更为重要，唯有盲目的力量，决定善与恶，因此必须由俄国人民为了走在人类的前头，走在人民的基督后面。"由此看来，虚无主义和沙文主义是一对孪生兄弟：沙托夫引述他崇拜的尼古拉·斯塔夫罗金的名句"唯有俄罗斯人民能够以一个新上帝的名义拯救世界"，也说明了这一点。

按照虚无主义者的诠释，当基督被钉在十字架上受难时，他对在他右边正要死去的强盗说，"就在今天，你就将同我一起上天堂"；太阳落山了，他们俩死了，既没有去天堂也没有复活。"然而，这个人是全球最伟大的人。假如没有这个人，全球之上所有的一切只不过是疯魔。这不，假如自然法则甚至不能放过这样的人，假如自然法则逼迫他生活在谎言中并为一个谎言而死亡，那么整个寰宇只是一种虚幻。那么活在世上干什么呢？如果你还是个男子汉，那么请回答。——不错，活着有什么好哇！我非常好地理解您的观点。假如上帝是个虚幻，那么我们就是孤独的，就是自由的。您自杀，您就证明您是自由的，就证明不再有上帝。但为此，您必须自杀。"加缪借斯捷潘·特罗菲莫维奇之口下结论说："人生最难的莫过于活着，莫过于不相信自己的谎言。"

我们不妨再举一长段本剧主角尼古拉·斯塔夫罗金的自述，活脱脱是其自画像：

"我本想自杀的。但我没有勇气。于是，我以尽可能愚蠢的方式糟蹋自己的生命。我过着一种讽刺性的生活，认为娶一个残疾的疯女人做妻子，是个很愚蠢的好主意。我甚至接受过一次决斗，自己不开枪，希望傻乎乎地被打死。末了，我居然接受最沉重的负担，而内心根本不信此事。但这一切，枉费心机，于事无补！我生活在两种梦幻之间：一种是生活在幸福岛上，处于明媚的大海之中，人们醒来睡去平白无故；另一种生活则是我看见消瘦的玛特辽莎摇着头，用她的小拳头威胁我……她的小拳头……我想从我的生活中抹去的一种行为，却办不到啊！"

　　好在这位公子哥受到高人第科尼的批判："您在自己的记叙中直截了当表达一颗受到致命伤的心所需要的，这就是为什么您决意让人唾弃让人打脸让人羞辱。但与此同时，在您的忏悔中，既有挑战又有傲慢。您的耽于声色又无所事事使您变得麻木不仁，使您变得无能去爱，而您好像对这种麻木不仁还挺自鸣得意的。您对可耻之事感到自豪，这才是可耻可鄙的呢。"

　　第科尼把话锋一转，鼓励道："……您的心胸高贵，您的力量无穷，但令我恐惧，在您身上这股无用无益的巨大力量只是千方百计展现在伤天害理的事情上。于是，您否定一切，再也不爱了，什么都不爱了。须知所有的人，一旦脱离故土，脱离祖国，脱离人民，脱离时代的现实，都必将受到严惩。"

综上所述，加缪对陀思妥耶夫斯基的研究重心在于人活在世上有何意义，人与人之间如何相处，以及怎样确定自己的行为准则，他写道：

> 人与人之间的爱可以产生于利益算计之外的东西，抑或产生于对人类本性的信任，况且是理论上的信任。陀氏在伊凡·卡拉马佐夫身上得以体现的逻辑，即是从造反运动到形而上起义。谢勒指出："世上，除了爱人类之外，没有足够的爱拿去浪费给其他生物了。"其实，此言误解了卡拉马佐夫肝肠欲断的特征。相反，伊凡的悲剧产生了太多无对象的爱。这种爱无处发泄，上帝又被否决了，于是决定以一种慷慨大度的共识名义转给人类。为此，他把自身的行为准则定为："要把自己的行为准则用在大事上，至于小事儿，怜悯心足矣。"

这段话，我们完全可以视为加缪为自己定下的行为准则，正如剧中斯塔夫罗金所说："世人在前半生养成的种种习惯决定着后半生的人生。"加缪早年研读陀思妥耶夫斯基对他日后产生的影响一目了然。

最后以基里洛夫两则名言结束言犹未尽的拙序：

"倾我整个一生，倾我全心全力，唯望话语有意义，如同行为那样有意义。"

"假如上帝是虚幻，那么我们就孤独了，但也自由了。"

沈志明

2021 年 12 月 1 日

为纪念陀思妥耶夫斯基逝世二百周年

陀思妥耶夫斯基

加缪

基里洛夫

（转引自加缪《西西弗神话》）

陀思妥耶夫斯基笔下的主人公一个个自审生命的意义。正是在这点上，他们是现代的，因为他们不怕当笑柄。区别现代敏感性和古典敏感性的，正是后者充满道德问题，而前者充满形而上问题。在陀思妥耶夫斯基的小说中，问题提出的强度之大，非得要有极端的解决办法不可。存在抑或是骗人的，抑或是永恒的。[1] 假如陀思妥耶夫斯基满足于这种审视，那么他就是哲学家。可是，他把精神游戏可能在人生中所产生的后果图解出来，因此他成了艺术家。在这些后果中，他抓住的是最终的后果，即他自己《作家日记》中所称的逻辑自杀。1876 年 12 月的日记分册中，他确实想象出"逻辑自杀"的推理。绝望者确信，对不信

---

1 参见陀思妥耶夫斯基：《作家日记》，1876 年 12 月，第 364 页。

永存的人来说，人生是十足的荒诞，从而得出以下结论：

> 关于幸福，既然对我的问题，通过我的意识，向我回应道，除非我在万物的和谐中才能幸福，可我设想不了，也永远无法设想，这是显而易见的……
>
> ……既然事情最终如此安排，我既承当起诉人角色又承当担保人角色，既承当被告的角色又承当法官的角色，既然我从自然的角度觉得这出戏是非常愚蠢的，既然我甚至认为接受演这出戏对我是侮辱性的……
>
> 我以起诉人和担保人、法官和被告无可争议的身份，谴责这种自然，因为自然恬不知耻地随随便便让我出生来受苦——我判处自然与我同归虚无。[1]

这种立场还有点幽默。自杀者之所以自杀是因为在形而上方面受到了欺负。从某种意义上讲，他报一箭之仇，用这种方式来证明别人"征服不了他"。然而我们知道同样的主题体现在基里洛夫身上，不过更为广泛、令人赞叹。

1　《作家日记》，1876 年 12 月，第 359 页。

基里洛夫是《群魔》中的人物，也是逻辑自杀的信奉者。工程师基里洛夫在某处宣称他决意自己剥夺生命，因为"这是他的理念"。[1]我们完全明白，应当从本意上去理解这句话。他是为了一种理念、一种思想去准备死亡。这是高级自杀。逐渐一个场景接着一个场景，基里洛夫的假面具慢慢揭开，激励着他的致命思想向我们显露了。工程师确实袭用了《作家日记》的推理。他觉得上帝是必要的，必须有上帝存在。但他知道上帝并不存在，也不可能存在。他嚷道："怎么你不明白，那是足以自杀的一个理由呢？"[2]这种态度也在他身上同样引起某些荒诞的结果。他无动于衷地让别人利用他的自杀，为他所蔑视的事业服务。"昨天夜里我已裁决了，此事于我无关紧要了。"他终于怀着反抗和自由相杂的情感准备他的行动了。"我将自杀，以证明我的违抗，确认我新的、了不起的自由。"[3]问题已不再是复仇，而是反抗了。因此基里洛夫是个荒诞人物，但对此应有所保留，从本质上讲，他不自杀。对这种矛盾，他自己作出解释，以至同时揭示了最纯粹的荒诞秘密。确实，他给致命的逻辑平添了一种不同寻常的雄心，给人物

1　《群魔》（法文版）第二卷，第277页，普隆出版社，1886年。

2　《群魔》第二卷，第336页，转引自纪德：《论陀思妥耶夫斯基》，第277页。

3　《群魔》第二卷，第339页，转引自纪德：《论陀思妥耶夫斯基》，第280页。

开拓了广阔的前景：他决心自杀，以便成为神祇。

推理具有古典的清晰。假如上帝不存在，基里洛夫就是神祇。假如上帝不存在，基里洛夫就必须自杀，故而基里洛夫就必须为了成为神祇而自杀。这种逻辑是荒诞的，但又是必需的。令人注目的是，要赋予下凡的神明一种意义。这等于阐明这样的前提："假如上帝不存在，我就是神祇。"但此前提还是相当暧昧不明的。首先注意到炫示疯狂的抱负之辈是实实在在属于这个世界的，这很重要。为保持健康，他每天早上做体操。他为沙托夫与妻子重逢的喜悦而激动不已。在死后发现的一张纸上，他企图画一张脸，正向"他们"伸舌头哩[1]。他稚气而易怒，激情洋溢，有条理而易感动。从超人那里，他只得到逻辑和固定理念，从世人那里则得到一切情调。然而正是他泰然地高谈他的神性。不是他疯了，就是陀思妥耶夫斯基疯了。所以使他急躁的倒不是自大狂的幻觉。而这一次，按本义去理解词语恐怕是要闹笑话的。

基里洛夫本人帮助我们理解得更好。对斯塔夫罗金提的一个问题，他明确回答，他指的不是一种神人[2]。大概可以设想那是出于把自己与基督区别开来的考虑。但实际上

1　《群魔》（法文版）第二卷，第340页，版本同前。
2　《群魔》，第一卷，第259页，转引自纪德：《论陀思妥耶夫斯基》，第259页。

是要将基督附属于他。这不，基里洛夫想出个念头，基督死的时候并没有回到天堂。于是他明白，受酷刑是无益处的。工程师说："自然法则使基督在谎言中生活，并为一种谎言而去死。"[1] 仅仅在这个意义上，基督完全体现了全部人类悲剧。基督是完人，是实践了最荒诞状况的人。那就不是神人，而是人神了。就像他那样，我们每个人都可以被钉到十字架上，都可以受骗上当，在某种程度上成为人神了。

由此看来，上面涉及的神性完全是人间的。基里洛夫说："我的神性标签，已找了三年，原来是独立。"[2] 从此以后，人们意识到基里洛夫式的前提意义："假如上帝不存在，我便是神祇。"成为神祇，只不过在这个地球上是自由的，不为永垂不朽的生灵服务。当然，尤其是从这种痛苦的独立中得出所有的结论。假如上帝存在，一切取决于上帝，我们对上帝的意志丝毫不能违抗；假如上帝不存在，一切取决于我们。[3] 对基里洛夫来说，如同在尼采看来，抹杀上帝就是自己成为神明，这等于在人间实现《福音书》

---

1 《群魔》，第二卷，第 388 页，转引自纪德：《论陀思妥耶夫斯基》，第 279 页。

2 《群魔》，第二卷，第 339 页，转引自纪德：《论陀思妥耶夫斯基》，第 280 页。

3 转引自纪德：《论陀思妥耶夫斯基》，第 276 页。

所说的永恒生命[1]。

但，假如这种形而上的大逆不道足以使人完善，为什么还要加上自杀？为什么获得自由之后还要自绝于世？这是矛盾的。基里洛夫心里很明白，他补充道："假如你感觉到这一点，你就是沙皇，就远离自杀，你就光宗耀祖了。"[2]但世人蒙在鼓里，感觉不出"这一点"。如同普罗米修斯时代，世人满怀盲目的希望[3]。他们需要有人指路，不可没有说教。所以，基里洛夫必须以对人类之爱去自杀。他必须向他的兄弟们指出一条康庄大道，一条艰难的路程，而他是第一个踏上这条道路的。这是一种符合教学法的自杀。为此，基里洛夫自我牺牲了。假如他被钉在十字架上，他就不会是受骗上当的。他仍然是人神：确信没有前途的死亡，满怀合乎福音的悲怆。他说："我呀，是不幸的，因为我不得不确认我的自由。"[4]但他死了，世人终于觉醒了，可这个世间的沙皇多得不得了，人类的荣光普照人间，基里洛夫的手枪声将是最高程度革命的信号。这样，不是绝

---

1 斯塔夫罗金："你相信彼岸的永恒生命吗？"基里洛夫："不，但相信此岸的永恒生命。"
2 《群魔》，第二卷，第338页。
3 "人为了不自杀才创造出上帝。这可概括迄今为止的世界史。"转引自纪德：《论陀思妥耶夫斯基》，第278页。参见《群魔》，第二卷，第337页。
4 《群魔》，第二卷，第339页。

望把他推至死亡，而是众人对他的爱。使一场难以形容的精神冒险在血泊中告终之前，基里洛夫说了一句话，古老得像世人的痛苦："一切皆善。"

因此，在陀思妥耶夫斯基的作品中，自杀的主题确实是个荒诞主题。在进一步深入之前，让我们仅仅指出，基里洛夫也跳进其他人物，又由他们接手展开新的荒诞主题。斯塔夫罗金和伊凡·卡拉马佐夫在实际生活中操作荒诞真理。基里洛夫之死使他们得以解放。他们试图成为沙皇。斯塔夫罗金过着一种"调侃的"生活，人们对此相当清楚。他在自己的周围掀起仇恨。然而，这个人物的关键语在他的告别信中："我对什么都恨不起来。"他是处于冷漠中的沙皇。伊凡也是，因为拒绝放弃具有精神的王权。像他兄弟那些人以他们的生活证明，要信仰就得卑躬屈膝；他可能反驳他们说，这条件是丢脸的。他的关键词是"一切皆许可"，带着一种得体的忧伤情调。结果当然是像尼采这位抹杀上帝的最著名的杀手一样，以发疯告终。但，这是一种该冒的风险，面对这些悲惨的结局，荒诞精神的基本动向是要问："这证明什么呢？"

这样，小说也像《作家日记》中那样提出荒诞问题，设立了直至死亡的逻辑，表现了狂热和"虎视眈眈"的自由，[1] 变得有人情味的沙皇荣耀。一切皆善，一切皆许可，什么也不可恨，这些都是荒诞判断。但，那是多么非凡的创作呀，那些如火似冰的人物使我们觉得多么亲切呀！他们内心轰鸣的世界沉醉于无动于衷，在我们看来，根本不觉得可怕。我们从中却又发现我们日常的焦虑。大概没有人像陀思妥耶夫斯基那样，善于赋予荒诞世界如此亲近又如此伤人的魅力。

然而，他的结论是什么？下列两段引言将显示完全形而上的颠倒，把作家引向另外的启示。逻辑自杀者的推理曾惹起批评家们几个异议，陀思妥耶夫斯基在后来出版的《作家日记》分册中发展了他的立场，得出这样的结论："相信永垂不朽对人是那样必要（否则就会自杀），正因为这种信仰是人类的正常状态。既然如此，人类灵魂的不灭是毫无疑问的。"[2] 另外一段，在他最后一部小说的最后几页，在那场与上帝的巨大搏斗之后，孩子们问阿辽沙："卡拉马佐夫，宗教说，我们死后会复活，相互还能见面，是真的吗？"阿辽沙回答："当然，我们会重逢，会高高兴兴交谈所发生的一切。"

这样，基里洛夫、斯塔夫罗金和伊凡就给打败了。《卡

---

1 参见加缪手记《尼布甲尼撒之梦》。译者注。
2 《作家日记》，1876年12月，第367页。（括号中文字为加缪所加。译者注。）

拉马佐夫兄弟》回答了《群魔》。确实关系到结论。阿辽沙的情况不像梅什金公爵[1]那么模棱两可。后者是病人，永远是笑嘻嘻而无动于衷，这种幸福的生活常态可能就是公爵所说的永恒生命吧。相反，阿辽沙确实说过："我们会重逢。"这就与自杀和疯狂无关了。对于确信不死和快乐的人来说，有什么用呢？世人用神性交换幸福。"我们会高高兴兴交谈所发生的一切。"还是这样，基里洛夫的手枪在俄罗斯某地打响，但世界照旧转动其盲目的希望。世人没有弄懂"这一点"。

　　所以，向我们说话的，不是荒诞小说家，而是存在小说家。这里，跳跃依旧是动人的，艺术给了他灵感，而小说家使艺术崇高起来。这是一种认同，感人肺腑，充满怀疑，变化不定，热情似火。陀思妥耶夫斯基谈到《卡拉马佐夫兄弟》时写道："贯穿这本书各个部分的主要问题就是我一辈子有意无意为之痛苦的问题，即上帝的存在。"[2]很难相信一部小说足以把人的毕生痛苦转化为快乐的确实性。一位评论家[3]正确地指出：陀思妥耶夫斯基与伊凡合伙——把《卡拉马佐夫兄弟》的章节确定下来消耗了他三个月的努力，而他称之为"亵渎神明的话"在激昂的情绪中用了

1　陀思妥耶夫斯基小说《白痴》的主人公。译者注。
2　转引自纪德：《论陀思妥耶夫斯基》，第161页。原文出处不详。
3　系指鲍里斯·德·施莱泽。译者注。

三个星期就写完了。他笔下的人物，没有一个不肉中带刺，不激怒他，不在感觉或背德中寻找药方。[1]不管怎样，就此存疑吧。这部作品中，半明半暗的光线比白日亮光更扣人心弦，在明暗对比中，我们能够领会人为抵抗自己的希望而拼搏。创作家到达终点时，选择了对抗自己笔下的人物。这种矛盾就这样使我们能够引入一种细腻色调。这里涉及的不是一部荒诞作品，而是一部提出荒诞问题的作品。

陀思妥耶夫斯基的回答是委曲求全，用斯塔夫罗金的话来说就是"可耻"。相反，一部荒诞作品是不提供答案的，这是全部区别之所在。最后让我们记住：在这部作品中，驳斥荒诞的，不是作品的基督教特色，而是对未来生活的预告。人们可以既是基督徒又是荒诞人。有些基督徒不相信未来生活，是有例可循的。至于艺术作品，有可能确指荒诞分析的某种方向，可以从上文中预感到。这种方向指出"《福音书》的荒诞性"，阐明一再重新活跃的理念，即信念不妨碍怀疑上帝存在。相反，人们看得很清楚，《群魔》的作者老于此道，最后却走上完全不同的道路。作家对他的人物出乎意料的回答，即陀思妥耶夫斯基对基里洛夫的回答，确实可以概括为一句话：存在是虚幻的，又是永恒的。

---

1 纪德对此发表了新奇而深刻的看法：陀思妥耶夫斯基的几乎所有人物都是多配偶的。

《群魔》搬上舞台

（1959年4月）

阿尔贝·加缪

　　《群魔》是我在所有作品之中排列最靠前的四五部作品之一。我可以说自己在此作品的哺育下得到成长。我见到舞台上的《群魔》人物已经有近二十年了。他们不仅仅具备戏剧人物的精神境界，还具备戏剧人物的举止品行，怒火爆发，以及迅速张皇的举动。再说啦，陀思妥耶夫斯基在其小说中使用了戏剧技巧：通过对话进行，附带几个地点和动作的标示。戏剧人，无论演员还是导演、剧作者，围绕着他的作品，总能找得到需要的情境。

　　今天，《群魔》上演了。为了将其搬上舞台，不得不付出好几年的劳动和观察。然而，我知道，我衡量出了剧本与这部神奇的小说之间所具有的差别！我只不过千方百计顺着这部巨著深切情节的波动，像作者那样从讽刺喜剧过渡到正剧，然后再过渡到悲剧。对于文本正如对于表演，确实都是从某种现实主义出发，以便达到悲剧风格化。至于其他嘛，我们所处的世界既巨大又离奇、躁动，既充满喧嚣、充满暴力，又丢弃痛楚而温和的线路，使得陀思妥耶夫斯基的世界接近我们当中的每个人。陀思妥耶夫斯基的人物，我们现在很熟悉了。他们既不怪异也不荒谬。他们很像我们，大家怀有同样的心灵。如果说《群魔》是一本预言书，这不仅仅因为书中人物宣告了我们的虚无主义，他们也把撕裂的灵魂或死亡的灵魂搬上舞台，显示他们不能爱了，并为不能爱而感受痛苦，虽然愿意信仰却无法信仰。这样的灵魂，今日充斥我们的社会，充斥我们的精神世界。这部著作的主题既是谋杀沙托夫的案件（受一个真实事件的启发：大学生伊万诺夫被虚无主义者涅恰耶夫杀害），也是"当代英雄斯塔夫罗金"的精神冒险和身体死亡。因此，今天搬上我们舞台的，不仅仅是世界文学的一部杰作，而且还是一部有现实性的杰作。

谨请注意：剧本的改编参照了陀思妥耶夫斯基原本准备单独发表的《斯塔夫罗金的忏悔》（因受到官方审查并未能发表），也参照了陀氏创作小说时随手写下的《作家日记》。

群 魔

三幕二十二场景[1]

根据陀思妥耶夫斯基原著改编

---

1 本书以《群魔》首演台本为参照,依据作者的原始稿件译出,该
版本为作者全部笔录原始剧作。《群魔》于 1959 年 1 月 30 日在巴黎
安托万剧院首次公演(经理:西莫娜·贝里奥;导演:阿尔贝·加缪;
服装设计:马约)。之后每次上演均由作者亲自担任导演,根据需要
只上演其中一部分;文字发表每每都按演出的部分排印。本书中所标
示的补遗被删减部分是相对于首演剧本。译者注(本书后文脚注均为
译者注)。

人物（按出场先后排列）

安东·格里高列耶夫（叙述者）

斯捷潘·特罗菲莫维奇·维尔科文斯基

瓦尔娃拉·彼得罗芙娜·斯塔夫罗金

利甫廷

齐加列夫

伊万·沙托夫（达莎之兄）

维尔金斯基

加加诺夫

阿列克西·伊戈罗维奇

尼古拉·斯塔夫罗金（瓦尔娃拉·斯塔夫罗金之子）

帕拉斯科葳·德罗兹道夫（莉莎之母）

达莎·沙托夫（瓦尔娃拉·斯塔夫罗金的养女）

阿列克西·基里洛夫

莉莎·德罗兹道夫

莫里斯·尼古拉耶维奇

玛丽娅·第莫菲耶芙娜·列比亚德金

列比亚德金（玛丽娅·第莫菲耶芙娜之兄）

彼得·斯捷潘诺维奇·维尔科文斯基（斯捷潘·特罗菲莫维奇之子）

费德卡

修道院修士

利雅姆金

第科尼主教

玛丽·沙托夫（沙托夫的妻子）

布　景

1. 瓦尔娃拉·斯塔夫罗金府邸，富有时代气息的豪华客厅。

2. 菲利波夫公寓。同时呈现布景。一间客厅和一间小卧室，客厅陈设简陋寒酸。

3. 街道。

4. 列比亚德金住宅。城关区一间贫穷房屋的客厅。

5. 森林。

6. 第科尼在圣母修道院的修堂。

7. 斯塔夫罗金家在斯克沃利什尼基的别墅大客厅。

第一幕

只听得击打三下过后，场内一片黑暗。一束聚光灯的光束照射到叙述者身上，但见其纹丝不动站在幕前，手上托着自己的帽子。

叙述者安东·格里高列耶夫（彬彬有礼，含讥带讽，令人捉摸不透）　太太们，先生们，你们即将亲眼见证的奇怪事件发生在咱们这座外省城市里，曾得到在下尊敬的朋友斯捷潘·特罗菲莫维奇·维尔科文斯基教授的影响。教授在咱们中间始终扮演着地道的公民角色。他是自由主义者，又是理想主义者；他爱西方爱进步爱正义，一般来说，他爱一切崇高的东西。然而处在制高点上，他不幸地竟想象沙皇及其大臣们就个人之见对他产生怨恨，于是他来到咱们这个地方定居，带着庄严持重，坚守被流亡被迫害的思想家职责。不过，一年中，有那么三四次，他的公民忧郁症大肆发作，卧床不起，于是肚子上放个热水袋，尽快了事为好。

他寄住在女友瓦尔娃拉·斯塔夫罗金将军夫人家中，后者在丈夫死后便把自己的儿子尼古拉·斯塔夫罗金的教育委托给他了。哦！我忘了对你们说，斯捷潘·特罗菲莫维奇做了两次鳏夫，做了一次父亲。他把自己的儿子送往国外。他两位妻室年纪轻轻就死了。说真的，她们跟着他都不是很幸福的。但人们不可能又爱自己的妻室又爱正义吧。因此，斯捷潘·特罗菲莫维奇把自己所有的情感一股脑儿转移到他的学生身上，对尼古拉·斯塔夫罗金的思想教育十分严格，直到有一天尼古拉逃跑，去过放纵不羁的生活。斯捷潘·特罗菲莫维奇因此不得不跟瓦尔娃拉·斯塔夫罗金终日厮守，得到她一种无限的友谊，也就是说时常加恨于他。我要讲的故事就此开始。

第一场景

瓦尔娃拉·斯塔夫罗金宅邸客厅。

叙述者走过去在桌旁坐下，跟斯捷潘·特罗菲莫维奇玩扑克牌。

斯捷潘　喔！我忘了请您切牌啦。原谅我吧，亲爱的朋友，这不，昨夜睡得很差呗。我狠狠责备自己不该当着您的面抱怨瓦尔娃拉。

格里高列耶夫　您只不过说她出于虚荣心才把您留下。她是妒羡您的学识修养吧？

斯捷潘　　就是嘛。噢不，其实不然！该您出牌啦。恕我直
　　　　　言，她倒是个荣誉天使、体贴天使，而我呢，恰
　　　　　恰完全相反。

瓦尔娃拉·斯塔夫罗金上场。她停下步伐，站在门口。

瓦尔娃拉　又玩牌啦。（他们起立）请坐，继续玩吧。我
　　　　　有事要办呢。（她走向左边一张桌，查阅票据
　　　　　纸张。他们继续打牌，但斯捷潘·特罗菲莫维
　　　　　奇时不时向瓦尔娃拉·斯塔夫罗金投去目光，
　　　　　她终于发话了，但并没有瞧他们）我以为今天
　　　　　上午您该写您的书啦。

斯捷潘　　我去花园散步，身上带着托克维尔[1]的著作……

瓦尔娃拉　您曾读过保尔·德·科克[2]，那个时候，您就宣
　　　　　布写书，但十五年都过去了。

斯捷潘　　是的，连素材都收集好了，但还必须将其整合处
　　　　　理呢。况且，无所谓啦！我被人遗忘了。谁也不
　　　　　需要我了。

瓦尔娃拉　假如您不这么经常打牌，人家没准儿少忘记您
　　　　　一些呢。

1　托克维尔（Tocqueville，1805—1859），法国政治家、历史学家、
社会学家，法兰西学院院士。
2　保尔·德·科克（Paul de Kock，1793—1871），法国剧作家，其
通俗流行作品家喻户晓。

斯捷潘　是的，我玩牌，丢失尊严。但这是谁的责任呢？谁摧毁了我的职业生涯呢？哼！让俄罗斯去死吧！我出王牌！

瓦尔娃拉　什么也没阻拦您写作呀，什么也没阻拦您通过一部著作来证明别人忽略您是不对的啊！

斯捷潘　您忘了吧，亲爱的朋友，我已经有许多东西发表了。

瓦尔娃拉　真的吗？谁还记得呢？

斯捷潘　谁！这不，咱们这位朋友肯定记得吧。

格里高列耶夫　是的，首先，有您一般性论及阿拉伯人的讲座，其次您研究某个时代某些骑士异乎寻常的高贵道义的文章，尤其您那篇论文，对小城市哈瑙在1413年至1428年之间本应获得重要地位以及恰恰阻止了这座小城获得重要地位的莫名其妙因素进行了论述。

斯捷潘　您拥有一种钢铁般的记忆力，亲爱的朋友。我感谢您哪！

瓦尔娃拉　问题不在这儿，而是在于十五年来您一直预告的一本书，却连第一个字还没写呢。

斯捷潘　这不，要写，这太容易了！我偏要没有结果，我，孑然一身！这样，他们将知道自己失去了什么。我就是要成为一种受谴责的化身。

瓦尔娃拉　您会成为受谴责的化身，如果您不这么经常躺着。

斯捷潘　怎么啦？

瓦尔娃拉　这不，要成为一种受谴责的化身，就必须保持站立。

斯捷潘　站着或躺着，要害在于体现思想，况且，我行动，我行动，始终如一按照我的原则。就在这个星期，我已签署一份抗议书了。

瓦尔娃拉　抗议何事？

斯捷潘　不晓得，关于……管他呢，我忘了。反正，必须抗议，一言以蔽之。啊！想当年我那个时代，别有洞天哪！我每天工作十二个小时。

瓦尔娃拉　五六个小时本来就够了吧……

斯捷潘　……我跑图书馆，我摘录的笔记一摞一摞。当时，我们抱有希望哪！我们交谈到天明，我们构建未来。啊！我们多么勇敢坚强，如钢铁像磐石那样不可动摇！当时的晚会真正是雅典式的：音乐、西班牙乐曲，热爱人类，西斯廷圣母马利亚肖像……噢，我高贵而忠诚的朋友哪，您知道吗，您知道我丧失的一切吗？

瓦尔娃拉　不知道。（她站起身子）但我知道如果你们聊到黎明，你们便不能一天工作十二小时啦。再说，这一切全是空谈！你们知道我终于等来了我儿子尼古拉……我要跟您谈谈。（格里高列耶夫站起身，过来吻她的手）很好，我的朋友，您非常识相。请先待在花园里，过一会儿再回来吧。

格里高列耶夫下场。

斯捷潘　多么幸福，我高贵的女友，又可以见到咱们的尼古拉了。

瓦尔娃拉　是的，我非常高兴。他是我的整个生命，可是我提心吊胆哪。

斯捷潘　提心吊胆？

瓦尔娃拉　是呀，别玩女护士的角色了，我焦虑不安哪。哟，您从什么时候系上红色领带啦？

斯捷潘　只是今天……

瓦尔娃拉　这条红领带可不符合您的年龄，我是这么觉得的。我说到哪儿了？喔，对了，我焦虑不安哪。您非常清楚为了什么。传言飞短流长……我可不能相信，但总跟我纠缠不休啊。说他大吃大喝，说他粗暴强势，说他动辄决斗，说他侮辱众人，还说他跟社会渣滓常来常往！荒唐啊！荒诞！不过，倘若真是如此呢？

斯捷潘　唉，这是不可能的嘛。还记得他小时候的样子，爱幻想，热心肠，连忧郁的样子都很可爱。唯有精英的灵魂才能体察到相似的忧伤。

瓦尔娃拉　您忘了吧。他，不再是个孩子啦。

斯捷潘　可他身体弱啊，您还记得吧，他整夜整夜哭泣。可是，您见过他逼着别的男子汉打架吗？

瓦尔娃拉　其实，他体质一点儿也不虚弱，您怎么往那儿想呢？他倒是神经过敏的体质，仅此而已。但您竟想得出来在夜里把他叫醒——那时他才十二岁，给他讲您的无妄之灾。您啊，亏您还是他的家庭教师呢！

斯捷潘　亲爱的天使爱我哟，他要我吐露隐情，在我的怀里哭泣。

瓦尔娃拉　天使变样子了。人家对我说我都认不出他啦，他现在身强力壮，力大无比。

斯捷潘　他在给您的信中说些什么呢？

瓦尔娃拉　他的信很少而且简短，但总是恭恭敬敬的。

斯捷潘　您瞧。

瓦尔娃拉　我什么也瞧不见，这不，您说话老是等于啥也没说，您该改掉这个习惯。况且，事实明摆着的嘛。他丢掉军衔是因为在决斗中重伤了另一位军官，是有这种破事儿，是不是？

斯捷潘　这又不是一桩罪案，而是贵族的血发热促使的呗。这一切倒是很有骑士风范。

瓦尔娃拉　可是混迹圣彼得堡下三烂街区，喜欢跟强盗和
　　　　　醉鬼为伍，算不上什么骑士风范吧。

斯捷潘　（笑）哈！哈！这是哈里王子的青春生活呗。

瓦尔娃拉　您从哪儿掏出来的故事？

斯捷潘　从莎士比亚的作品中呗，我高贵的朋友，不朽的
　　　　莎士比亚，天才作家中的帝王，总之，伟大的威
　　　　廉给我们描绘了哈里王子如何跟福斯塔夫一起恣
　　　　意放荡。

瓦尔娃拉　我将重读莎翁剧本。噢，对啦，您还锻炼吗？
　　　　　您很清楚，您应当每天走六俄里[1]。得了。无
　　　　　论怎样，我请尼古拉回家，您试探一下他的意
　　　　　图，我希望把他留在这里，让他结婚。

斯捷潘　让他结婚！多么浪漫哟！你打定主意啦？

瓦尔娃拉　是的，我想到莉莎，我的女友帕拉斯科葳·德
　　　　　罗兹道夫的女儿。她们母女俩在瑞士，跟我的养
　　　　　女达莎在一起……再说，这跟您有什么关系？

斯捷潘　我喜爱尼古拉，恰如亲生儿子。

瓦尔娃拉　爱得不很深吧。您只见过两次儿子，还包括他
　　　　　出生那天吧。

1　旧时的俄里，合 1.067 公里。

斯捷潘　　他的姑妈们把他抚养长大，我把他母亲遗留给他
　　　　　的小庄园的收入寄给他，我的心也因久别而痛
　　　　　苦。再说啦，这是个干瘪的果实，贫乏的心灵，
　　　　　平庸的脑袋。倘若您看到他寄给我的信件，会以
　　　　　为他在跟一个仆人说话！我以父亲的全部心情问
　　　　　他是否愿意来看我。您知道他怎么回答我的？
　　　　　　"要是我回去，那将是为了核实我的账目，并把
　　　　　账目结清了事。"

瓦尔娃拉　　这一回可要好好学会让人尊重您啦。行了，我
　　　　　不打扰啦，是你们聚会的时刻。朋友、劝酒、
　　　　　打牌、无神论，尤其是气味儿，别喝得太多，
　　　　　要不然您又肚子疼……一会儿再见吧！（她盯
　　　　　了斯捷潘一眼，然后耸了耸肩膀）系一条红领
　　　　　带，嗯！

瓦尔娃拉下场。

斯捷潘　　（凝视她离去的方向，说话支支吾吾，望着写
　　　　　字台）噢！残忍刻毒的女人，毫不容情的女
　　　　　人，我不可当面跟她说！我，这就给她写信，
　　　　　给她写信！

他走向桌子。

瓦尔娃拉　　（再次出现）喂！还有，别给我写信。咱们住同
　　　　　一幢房子，互相写信很可笑。你的朋友们到了。

瓦尔娃拉下场。

格里高列耶夫、利甫廷、齐加列夫和沙托夫上场。

斯捷潘　您好，我亲爱的利甫廷，您好哇！请原谅我如此激动……有人恨我哪……是的，有人压根儿就恨我，管他呢！尊夫人没陪您来？

利甫廷　没有。女人们应当留在家里敬畏上帝。

斯捷潘　怎么，难道您不是无神论者吗？

利甫廷　是的。嘘！可别高声说出来。这不，一个无神论丈夫应当教会他的妻子敬畏上帝！这样就使他更加自由了。瞧瞧咱们的朋友维尔金斯基。我刚才还遇到他呐，他不得不出门亲自赶集，因为他的老婆正在陪伴列比亚德金上尉呢。

斯捷潘　正是，正是，我晓得人家是怎么议论的。但这并不真实，这不，他的妻子是一位高贵的女士。况且，她们一概是高贵的女士。

利甫廷　怎么，不真实吗？我是听维尔金斯基亲口说的。他劝自己的老婆皈依咱们的观念，向她证明人是一种自由的造化者或应当是个造化者。好嘛。故而她就自我解放了，后来她向维尔金斯基申明她解除他的丈夫职务，让列比亚德金上尉替代他的位置。你们知道他的妻子向他宣布消息时维尔金斯基说了什么吗？他对她说："我的朋友，直到现在我对你只有情爱，此刻，我尊重你。"

斯捷潘　这是个具有古罗马气质的人。

格里高列耶夫　我却听到相反的说法：当妻子向他宣告开除他丈夫职务时，他便抽抽噎噎哭起来了。

斯捷潘　是的，是的，此公是个软心肠。（沙托夫上场）这不，朋友沙托夫来了。令妹有何消息？

沙托夫　达莎快回国啦。既然您问起，我不妨直言相告，她跟帕拉斯科葳和莉莎在瑞士待得厌烦了。我对你们就这么一说，尽管按我的看法，这事儿跟您无关。

斯捷潘　当然跟我无关。不过，她要回国，倒是非同小可。啊！我非常亲爱的朋友们，远离俄罗斯可是活不下去的哟，你们明白……

利甫廷　但在俄罗斯也是很难活下去。必须有别的什么才行，但什么也没有。

斯捷潘　怎么办呢？

利甫廷　必须彻底改变。

齐加列夫　是啊，但你们得不到结果的。

沙托夫走过去坐下，神情颓丧，把自己的鸭舌帽放在身边。

维尔金斯基上场，加加诺夫接着上场。

斯捷潘　您好，我亲爱的维尔金斯基，您妻子好吗……（维尔金斯基转身过来）好好，我们很爱你们哪，知道吧，很爱很爱！

加加诺夫　我偶然路过，便进来看看瓦尔娃拉·斯塔夫罗
　　　　金。但也许我是多余的人？

斯捷潘　不，不！在友情的宴席上，总是有个位置的。我
　　　　们要进行讨论。我心里清楚，大伙儿发表几个怪
　　　　论吓不倒你。

加加诺夫　除沙皇、俄罗斯以及家庭外，一切都可讨论。
　　　　（对沙托夫说）是不是啊？

沙托夫　什么都可以讨论，但当然不是跟您讨论喽。

斯捷潘　（笑）应当为能跟咱们的好朋友加加诺夫讨论干
　　　　杯。（他摇铃）如果至少沙托夫，暴躁的沙托
　　　　夫，允许我们这么办。因为他暴躁，我们这位善
　　　　良的沙托夫，他可是火焰上的牛奶哇。假如有人
　　　　愿意跟他讨论，必须首先把他捆起来。你们瞧见
　　　　了吧，他已经要走了。他生气了。得了，我的好
　　　　朋友，您知道大家都喜欢您哪。

沙托夫　那么就不要冒犯我啊。

斯捷潘　谁冒犯您哪？假如是我冒犯了您，我向您道歉。
　　　　他们的话太多，这我是知道的。我们好空谈，必
　　　　须行动。行动，行动……抑或不管怎样，总得干
　　　　活儿吧。二十年来，我不停地吹起床号，促进工
　　　　作。为了俄罗斯重新站起来，必须让俄罗斯具有

思想。为了拥有思想，就必须工作。因此，让我们大家工作吧，我们最终将拥有一种个人的思想……

阿列克西·伊戈罗维奇送上酒水，随即离去。

利甫廷　眼下，应当取消军队和舰队。

加加诺夫　一并取消吗？

利甫廷　是的，为了争取世界和平！

加加诺夫　但要是其他国家不取消军队和舰队呢，难道他们就不企图侵略我们吗？怎么能知道呢？

利甫廷　取消的同时，我们便知道啦。

斯捷潘　（坐立不安）唉！这就离谱啦，但有真切的……

维尔金斯基　利甫廷好高骛远，因为他绝望地看出我们一方的想法占了上风。我本人，认为必须从头开始，废除教士的同时废除家庭。

加加诺夫　先生们，我明白所有开玩笑的主张……但一下子取消军队取消军舰取消家庭取消教士，嗳，不可行哪，唉，不可行，不……不……

斯捷潘　说一说也没有什么害处，什么都可以说嘛。

加加诺夫　就这么一切取消，一下子取消一切，不，喔，不行的……

利甫廷　喏，你们认为必须改造俄罗斯吗？

加加诺夫　对，当然的，咱们的国家不是什么都完善的。

利甫廷　因此，必须将其解体了事。

斯捷潘和加加诺夫　什么？什么？

利甫廷　无懈可击，为了对俄罗斯进行改革，必须将其建
　　　　成联邦，但为了组成联邦，首先就得将其肢解。
　　　　这是毋庸置疑的。

斯捷潘　这值得深思。

加加诺夫　我……嗯，不，不，我不可以就这般让人牵着
　　　　鼻子走吧……

维尔金斯基　要深思，必须有时间。穷困可不等人哟。

利甫廷　必须触及最紧迫的事情。最为紧迫的，首先是让
　　　　大家有饭吃。书籍，客厅，剧院，以后再说，以
　　　　后再说……一双靴子胜过莎士比亚的著作。

斯捷潘　哼！这，我可不敢苟同。不，不，不，我的好朋
　　　　友，永垂不朽的天才发光照耀在人类的上空。
　　　　哪怕所有人都光脚走路，莎士比亚也要大行其
　　　　道……

齐加列夫　所有人，像你们这副德行，你们搞不出结果的。

利甫廷　请允许……

斯捷潘　不，不行，我不能允许，咱们哪，热爱人民……

沙托夫　你们并不热爱人民。

维尔金斯基　怎么？我……

沙托夫　（站起身，怒气冲冲）你们既不爱俄罗斯也不

爱人民，你们失去了跟人民的联系，你们谈论人民就像谈论远方具有异国风俗的部落，应当抱有恻隐之心似的。你们失去了人民，而没有人民就没有上帝。所以你们大家也和我们一样，咱们大家都是失意潦倒的麻木不仁者，都是误入歧途的堕落者，别无其他者也。您自己，斯捷潘·特罗菲莫维奇，我根本没把您排除在外，尽管是您把我们培养起来的，甚至这是我专指您这位臣民在说话呢。

他拿起自己的鸭舌帽，冲向大门。不过，斯捷潘·特罗菲莫维奇的喊声使他停下脚步。

斯捷潘　得了吧，沙托夫，既然您乐意，我就跟您翻脸啦。现在咱们讲和吧。（他伸出手，沙托夫尽管还赌气，还是过来握手了）为了普世的和解干杯吧！

加加诺夫　让咱们干杯吧，但我将不会让人牵着鼻子走。

众人干杯。瓦尔娃拉·斯塔夫罗金上场。

瓦尔娃拉　不打扰你们，请大家为我儿子的健康干杯吧，他刚到家。他正在换衣服，我让他过来见见您的朋友们。

斯捷潘　您怎么找到他的，我高贵的朋友？

瓦尔娃拉　他的好脸色好气色让我心花怒放。（她注视众

人）是的，为什么不公开说说？这不，这些时
间，那么多传闻，所以让大家见一见我的儿
子，我是不会生气的。

加加诺夫　我们很高兴见他，亲爱的。

瓦尔娃拉　（注视沙托夫）而您，沙托夫，您高兴再见到
您的朋友吗？（沙托夫站起身，在站起来时笨
拙地碰倒了一张细木镶嵌的小桌子）请您把小
桌子扶正，会损坏桌角的，坏就坏了呗。（对
其他人说话）你们谈什么呢？

斯捷潘　谈论希望呢，我高贵的朋友，也谈论光明的未
来，已经照亮咱们阴暗道路的尽头……啊！我们
将因遭受那么多痛苦和迫害而得到安慰。流放将
会终止，曙光就在……

尼古拉·斯塔夫罗金出现在左边远台，站在门槛前，一动
也不动。

斯捷潘　哦，我亲爱的孩子！

瓦尔娃拉欲朝斯塔夫罗金走过去，但被他冷漠无情的神色
止住了。她焦虑地瞧着他。几秒钟沉闷尴尬的气氛。

加加诺夫　您好吗？亲爱的尼古拉？

斯塔夫罗金　好哇，我谢谢您。

立刻一派欢乐的喧哗声。他走向自己的母亲去亲吻她的手。

斯捷潘·特罗菲莫维奇朝他走去并拥抱他。尼古拉·斯塔夫

罗金朝斯捷潘·特罗菲莫维奇微笑，然后走到其他人中间，恢复了他麻木不仁的神色。除沙托夫以外，大家都向他道贺。但他持续不断的沉默使大家的热情降低了一些。

瓦尔娃拉　　（凝视尼古拉）亲爱的，亲爱的孩子，你忧伤你烦闷。这很好嘛。

斯捷潘　　（拿着一杯酒）我亲爱的善良尼古拉！

瓦尔娃拉　　请继续讲下去，讲到黎明，我想是吧。

斯塔夫罗金对着沙托夫举杯，而后者一声不吭便走出去了。斯塔夫罗金嗅了嗅杯中物便将其搁在桌子上，没有喝。

利甫廷　　（在全场尴尬片刻之后）对了，你们知道新省长已经上任了吗？

维尔金斯基在左侧角落里对加加诺夫说了些什么，加加诺夫回答：

加加诺夫　　我不会被人牵着鼻子走的。

利甫廷　　好像他决意搅个天翻地覆，那才叫我惊讶呢。

斯捷潘　　什么事儿都不会发生，有点儿衙门习气罢了！

斯塔夫罗金到沙托夫曾在的地方，笔直站着，神态迷惘，阴沉颓丧，他端详加加诺夫。

瓦尔娃拉　　您还有什么好说的吗？

斯捷潘　　哎！这不，您知晓这种疾病嘛，比如在我们家乡，简而言之，随便派个头等废物去咱们最小的火车站出售车票，这个废物为了向您显示他的权力，当您向他买票时，这个废物马上就会带着天神朱庇特的气派瞧您。这个废物如醉若痴，您明白吧。他处在行政醉意之中哪。

瓦尔娃拉　请简要说明……

斯捷潘　我是想说……不管怎样，我也认识新任行政长官，仪表堂堂，四十来岁，是不是？

瓦尔娃拉　您在哪儿听说他仪表堂堂？他长着一双绵羊眼睛呢。

斯捷潘　这倒是真的，但是……得了……在妇人们的看法面前我俯首帖耳。

加加诺夫　在看到他的业绩之前尚不能批评新的行政长官，你们不这么想吗？

利甫廷　为什么不可以批评他呢？他是行政长官，这就够了。

加加诺夫　请允许……

维尔金斯基　俄罗斯正是像加加诺夫先生这样的人那样推理才陷入无知：即使任命一匹马去坐行政长官的位置，他也等着瞧其业绩。

加加诺夫　啊！抱歉。您冒犯我啦，那是不允许的。我说了……或确切说……总之，不，不，我决不允许被别人牵着鼻子走。（斯塔夫罗金在一片寂寞中迈步穿过舞台，以一副迷惘的神态走近加加诺夫，慢慢举起手臂，捏住加加诺夫的鼻子，在舞台中央拉着他向前走了几步，并没有粗暴的动作。瓦尔娃拉·斯塔夫罗金焦虑不安地叫了一声"尼古拉！"。尼古拉放开加加诺夫，自个儿往后退了几步，若有所思地微笑着瞧他。一秒钟的惊恐，全场混乱。其他人围着加加诺夫，把他扶回椅子上让他坐下，中了邪似的。然而，尼古拉·斯塔夫罗金却转身出去了。瓦尔娃拉·斯塔夫罗金六神无主，拿了一个杯子给加加诺夫送去）他……怎么这个样子，救救我，救救我呀！

瓦尔娃拉　（对斯捷潘·特罗菲莫维奇说）喔，我的上帝！他疯了，他疯了……

斯捷潘　（也六神无主）不，不，最亲爱的，一次忘乎所以的行为，年轻人……

瓦尔娃拉　（对加加诺夫说）请原谅尼古拉吧，我的好朋友，我求求您啦。

斯塔夫罗金上场，他略微停了一下，坚定地向加加诺夫走去，后者站起身，六神无主。

斯塔夫罗金皱着双眉，快速说道：

斯塔夫罗金　您将会原谅我的，很自然嘛！一种突如其来的欲望……干了件蠢事。

斯捷潘　（从斯塔夫罗金另一侧上场，斯塔夫罗金望着前方，一副心烦意乱的样子）您说的并不是有价值的道歉，尼古拉。（带着焦虑不安）我的孩子，我请求您啦。您有一颗高尚的心，您受过教育，很有修养，但下午您在我的面前显示出您神秘而危险的一面。至少可怜可怜您的母亲吧。

斯塔夫罗金　（直视母亲，然后对加加诺夫）得了。我这就解释一下吧。但我只悄悄对加加诺夫先生说，他将会理解我的。

加加诺夫怯生生向前迈了一步。斯塔夫罗金俯身过去，用牙齿咬住加加诺夫的耳朵。

加加诺夫　（走调的声音喊）尼古拉，尼古拉……

其他人依旧没有明白，干瞪着眼望着他。

加加诺夫　（吓得魂不附体）尼古拉，您咬我耳朵！（叫喊）他咬我耳朵啦！（斯塔夫罗金放开他，待在原地，脸色阴沉地望着他。加加诺夫脱身，恐怖地喊叫）警卫队！警卫队！

瓦尔娃拉　（走向她儿子）尼古拉！看在上帝之爱的分上！

尼古拉瞧着她，微微笑了笑，然后仰身倒在地上，某种病症复发。

——黑暗

叙述者　加加诺夫卧床好几个星期，尼古拉·斯塔夫罗金也一样。但后者病体康复后向前者表示了诚恳的道歉，然后启程进行一次相当长的旅行，他唯一逗留的地方是日内瓦，不是因为这座城市繁忙景象的魅力，而是因为他重新找到了德罗兹道夫母女。

第二场景

瓦尔娃拉·斯塔夫罗金府邸客厅。
瓦尔娃拉·斯塔夫罗金和帕拉斯科葳·德罗兹道夫在场上。

帕拉斯科葳　啊！亲爱的，我很高兴，不管怎么说，把达莎·沙托夫还给你啦。至于我，没啥可说的，但我觉得，如果她不在，就不会发生尼古拉和莉莎之间那种难堪了。请注意，我什么也不知道，莉莎太高傲太执拗，不会对我说什么的。不过，确实他们俩之间很冷淡，莉莎是受到委屈的，上帝才知道为什么，也许你的达莎略有所知吧，尽管……

瓦尔娃拉　我不喜欢旁敲侧击，帕拉斯科葳。说出你要说
　　　　的一切。你要我相信达莎跟尼古拉私通吗？

帕拉斯科葳　私通，亲爱的，用这样的词儿哟！再说啦，
　　　　我无意让你相信……我太爱你啦……你怎么能假
　　　　设……

她擦干一滴眼泪。

瓦尔娃拉　别哭了。我没有被冒犯，只要你告诉我发生过
　　　　的事情。

帕拉斯科葳　没发生任何事情嘛，不是吗？他爱上了莉
　　　　莎，这是肯定的，在这点上，你瞧，我没搞错
　　　　吧。女人的直觉！……但你知道莉莎的性格。怎
　　　　么说好呢，既固执又喜欢嘲弄，是的，就这副德
　　　　行。尼古拉，他，高傲。多么傲慢哪，哇，不愧
　　　　为你的儿子。这不，他不能忍受嘲笑哇。而他那
　　　　一方呢，他嘲笑戏弄。

瓦尔娃拉　嘲笑戏弄？

帕拉斯科葳　是的，就是这个词儿。不管怎样，莉莎不断
　　　　找碴儿对付尼古拉。有时，她瞥见他跟达莎说
　　　　话，便大发雷霆。实在叫人受不了，我亲爱的。
　　　　医生们禁止我恼火，叮嘱我别恼火，再加上待在
　　　　那湖畔也腻味了，况且我老是牙痛。后来我听说
　　　　日内瓦湖引起人牙痛，据说这是诸多特点之一。

最后，尼古拉也走了。按照我的看法，他们和好
如初啦。

瓦尔娃拉　这次不和没有任何意义。再说，我太了解达莎
啦。荒诞无稽，荒谬绝伦。况且，我会弄个水
落石出。

瓦尔娃拉摇铃。

帕拉斯科葳　不，不要嘛，我向你保证……

阿列克西·伊戈罗维奇上场。

瓦尔娃拉　告诉达莎，我等着她呢。

阿列克西·伊戈罗维奇下场。

帕拉斯科葳　亲爱的，我错不该跟你谈起达莎，在她与尼
古拉之间只有过俗气的交谈，而且还是大声嚷嚷
的。至少在我面前。但莉莎的神情紧张感染了
我。再说啦，那个湖，你是体会不到的！使人平
静，这是真的，但那湖让你们心烦。单凭这一
点，是不是，一味使你们心烦，就使你们神经过
敏……（达莎上场）我的达申卡，我的孩子！把
你们留下多么叫人伤心哪！在日内瓦的夜晚，我
们不会再有日内瓦晚间那么舒畅的交谈啦。

帕拉斯科葳下场。

瓦尔娃拉　喏，那儿，坐下吧。（达莎坐下）做刺绣活儿
吧。（达莎从桌子上拿起要刺绣的绷子）给我

讲讲你的旅行吧。

达莎　　（声音平稳，有点儿倦意）哦！我玩得挺开心的，获益匪浅。欧洲很重视教育。是的，我们比他们落后太多了。同时……

瓦尔娃拉　　别讲欧洲了。你没有什么特别的事儿要对我说吗？

达莎　　（盯着她说）没有，什么事儿也没有呀。

瓦尔娃拉　　（带有一种郁闷的坚定）根本没有？好吧，我确信你说的。我从来没有怀疑过你。我对待你像对待自己的女儿。我帮助你的兄弟。你不会做任何可能使我生气的事，对吗？

达莎　　不会，一点儿也不会。但愿上帝祝福您。

瓦尔娃拉　　听着。我想到了你。放下刺绣吧，坐到我身边来。（达莎来到她身边）你愿意结婚吗？（达莎凝视她）等一等，别说话。我想到某个人比你年纪大。但你是通情达理的。况且还是个美男子。他便是斯捷潘·特罗菲莫维奇，是你的老师，而你也一直敬重他。怎么样？（达莎还在凝视她）我知道，他轻虑浅谋，他唉声叹气，他只想自己。但他也有优点，你会尊重他的，再说我要求你尊重他。他值得被爱，因为他不会自卫。你明白吗？（达莎做了个肯定的手势，干脆利落）我早已确信，我对你确信无疑。至于他，他将会爱你的，因为他应该如此，他应该如此呀！他必须疼爱你，听着，达莎，他将服从你，而你也将迫使他如此，否则是个大傻瓜。但永远不要把他逼到绝路，这是夫妻生活的第一条规则。啊！达莎，再也没有比自我牺牲更大的幸福了。况且，这使我高兴极了，这倒是很重要的哟。但我一点儿也不强迫你。这由你自己决定。说吧。

达莎 （慢吞吞地）假如非如此不可，我就照办呗。

瓦尔娃拉 非如此不可？你暗指什么？（达莎默然低下头）你刚说了一句蠢话。我要把你嫁出去，这是真的，但并不是迫不得已的，你明白了吧，我出了个主意，仅此而已。没有任何事情可隐瞒，是不是呀？

达莎 是的，那我就照您的愿望办好了。

瓦尔娃拉 这么说，你同意了。那么，咱们谈谈细节吧。婚礼之后，我就向你支付一万五千卢布。你从一万五千卢布中拿出八千给斯捷潘·特罗菲莫维奇。允许他每周招待他的朋友们一次。假如他们过多常来，就把他们赶出门外。况且，我都在场。

达莎　关于这件事，斯捷潘·特罗菲莫维奇跟您说了什么
　　　没有呢？

瓦尔娃拉　没有，他什么也没跟我说。但他会说的。（她
　　　霍地立起身来，把自己围着的黑纱巾抛在肩
　　　上。达莎一刻未停地凝视着她）你这个忘恩负
　　　义的东西！你想多了吧。你以为我要害你吗？
　　　这不，他将亲自来向你求婚，老老实实下跪求
　　　婚呢！他会幸福得死去活来呢，事情会办得顺
　　　天应人的！

斯捷潘·特罗菲莫维奇进场。达莎站起来。

斯捷潘　啊！达申卡，我的妙人儿，又见到您真叫人高
　　　兴。（他拥吻她）您终于跟咱们在一起了！

瓦尔娃拉　放开她吧。您一辈子都有福分抚爱她啦！而
　　　我，有话要跟您讲。

达莎下场。

斯捷潘　好吧，我的朋友，好吧，但您知道我多么喜爱我
　　　的小门生哪。

瓦尔娃拉　我知道，但不要老称呼她"我的小门生"。她
　　　长大了！这么称呼使人反感。哼，您抽烟啦。

斯捷潘　事情是这样的……

瓦尔娃拉　请坐吧。问题不在于此，而在于必须让您结婚。

斯捷潘　（惊得发呆）我结婚？第三次结婚，在五十三

　　　　　　岁上！

瓦尔娃拉　　嗯，这意味着什么呢？在五十三岁上，人一生
　　　　　　的鼎盛期哪。我知道得一清二楚，我也即将到
　　　　　　这个岁数了。况且，您是个美男子哟。

斯捷潘　　您总是对我很宽容哪，我的朋友，但我该对您
　　　　　　说……我没有思想准备哪……是呀！五十岁，咱
　　　　　　们还不老嘛，显而易见。

斯捷潘凝视瓦尔娃拉。

瓦尔娃拉　　我将帮助你们。新娘的结婚篮子不会是空的。
　　　　　　噢，我差点儿忘了！跟您结婚的是达莎。

斯捷潘　　（惊跳）达莎……而我还以为……哦，达莎！但
　　　　　　她还是个小女孩儿哟。

瓦尔娃拉　　二十岁的女孩儿，感谢上帝啊！请您别这么转
　　　　　　您的眼珠子，好不好啊！又没让您上竞技场。
　　　　　　您是个聪明人，却啥也不懂。您需要有个人
　　　　　　不断地照应您。我死了，您干得了什么？达莎
　　　　　　对于您是个优秀的管家。况且，我还在嘛，我
　　　　　　不会马上就死的，再说，这倒是个温柔的天使
　　　　　　哟。（一时激动起来）要明白，我对您说这可
　　　　　　是温柔的天使哟！

斯捷潘　　我知道，但年龄的差距……我想象……迫不得
　　　　　　已……明白吗……找个年龄相仿的……

瓦尔娃拉　这不，您培养她呗，您将使她心灵萌发强烈的
　　　　　　求知欲，您将给她一个体面的姓氏。您也许将
　　　　　　是她的救星，是的，她的救星……

斯捷潘　但她……您对她讲了吗？

瓦尔娃拉　您不用担心她。自然啰，该是您主动求她，恳
　　　　　　求她给您这个荣幸，您明白的啦。不过，您无
　　　　　　须担心，有我在呢，我。况且，您爱她。（斯
　　　　　　捷潘·特罗菲莫维奇站起身，站立不稳）您怎
　　　　　　么啦？

斯捷潘　我……我接受，当然啰，既然您乐意这样，
　　　　　　但……我怎么也不会相信您竟然同意……

瓦尔娃拉　同意什么呀？

斯捷潘　假如没有一个重大的理由，没有一个急迫的原
　　　　　　因……我怎么也不会相信，您能眼睁睁地看着我
　　　　　　结婚……跟另一个女人结婚。

瓦尔娃拉　（霍地站起来）另一个女人……（她以凶神恶
　　　　　　煞的神情盯他，然后朝房门走去。但到了门
　　　　　　口，又回过身来说）我永远不会原谅您，永
　　　　　　远，听清楚呀，居然能想象，哪怕只有一秒
　　　　　　钟，您跟我有……（她正出房门，但格里高列
　　　　　　耶夫却进来）我……您好，格里高列耶夫。
　　　　　　（对斯捷潘·特罗菲莫维奇）这么说，您接受

了。我将亲自操办具体事务。我这就去帕拉斯
科葳家，通知她这个计划。照料好您自己吧，
可别让自己衰老哇！

瓦尔娃拉下场。

格里高列耶夫　咱们这位女士朋友似乎好生激动哟……

斯捷潘　等于说……噢！我到头来非失去耐心不可，不再
愿意……

格里高列耶夫　愿意什么？

斯捷潘　我居然同意了，因为生活使我厌倦了，因为一切
都使我感到无所谓了。但如果她把我惹恼了，那
一切将不再是无关紧要。我将会感到受了侮辱，
那我将会拒绝。

格里高列耶夫　您将会拒绝什么？

斯捷潘　拒绝结婚。哦！我本不该说出来！但您是我的朋
友，我这是自言自语。是的，人家一定要我跟达
莎结婚，我接受了，总之，我已经接受了。到了
我这把年纪！哼！我的朋友哪，结婚等于一切有
点儿傲气的灵魂死亡了，等于有点儿自由的灵魂
死亡了。婚姻将腐蚀我，婚姻将耗损我的精力，
我不再能为人类的事业服务了。孩子们纷纷出
世，上帝晓得他们是不是我的。再者，不，他们
将不是我的，贤哲晓得正视真理。故而，我接

受！因为我厌倦了。不对吧，并不是因为我厌倦了才接受的。只不过，有那笔债……

格里高列耶夫 您在自己糟蹋自己。不用花钱便娶下一位年轻漂亮的姑娘。

斯捷潘 唉，我需要钱胜过漂亮的姑娘……您晓得的，我管理不好我儿子从他母亲那儿继承的庄园。他会讨还他认为我欠他的八千卢布。人家控告他是革命者控告他是社会主义者，控告他企图摧毁上帝摧毁私有财产，等等。对于上帝，我说不好；但对于私有财产，他却牢牢掌控着呢，我向您保证这一点……况且，对于我这是一笔荣誉债。我应该自我牺牲吧。

格里高列耶夫 这一切给您带来荣誉啊，为什么您却唉声叹气呢？

斯捷潘 别有缘由啊，我怀疑……您看出来了……哼，我没那么傻吧，在她面前，我显得傻乎乎的样子！为什么迫不及待结婚呢？达莎原来在瑞士。她见到了尼古拉。而现在……

格里高列耶夫 我听不明白。

斯捷潘 是啊，是有些奥妙。为什么这么神经兮兮？我可不愿意掩盖他人的罪孽。是啊，他人的罪孽！噢，上帝啊，您这个老天爷，如此伟大如此仁慈，将会安慰我的吧……

［补遗第二场景中被删减的文字：
斯捷潘、基里洛夫和利甫廷三人之间的谈话。

基里洛夫和利甫廷上场。

利甫廷　　（对基里洛夫说）为何要死，亲爱的朋友！我们
　　　　　需要您呢。这不，我给您带来一位尊贵的访者。
　　　　　（对斯捷潘说）我向您介绍基里洛夫先生，出类
　　　　　拔萃的民用工程师。而且，他是贵公子的知己密
　　　　　友，贵公子彼得·斯捷潘诺维奇是非常受人尊重
　　　　　的，他给您捎过一封信呢。

基里洛夫　怎么会呢？这是纯属杜撰，根本没有信件。我
　　　　　确实认识您的儿子。我离开他已有十天啦。

斯捷潘　是的，好吧，请坐。

他们面对面坐在沙发上。利甫廷拖了一把柳条椅，摆在与
其他两人等距离的位置。

叙述者待在半明半暗的角上。

利甫廷　　（一边拖着椅子一边说）基里洛夫在国外待了四
　　　　　年，刚到达。他通过您的公子结识了德罗兹道
　　　　　夫。他也认识尼古拉·斯塔夫罗金。他来这里是

为了参与建设我们的铁路桥。

斯捷潘　我已经好久没见到彼特罗沙（其独子彼得·维尔科文斯基的小名）啦。我是否能仅仅告诉您我是他父亲呢？总之，您怎么离开他的呢？

基里洛夫　您自个儿判断好啦。他即将到达。

斯捷潘　他到了。我的上帝啊！我在等他啊，对于他，我有许多自责之处。我始终认为他无足轻重，简直是个废物。我不清楚你们是否理解我说的意思。他非常敏感，或更恰当地说非常怯懦。他在枕头上画十字为了不死在夜里。总之一句话，一点儿艺术感觉都没有，一点儿教养都没有，一点儿未来理想的萌芽都没有……但我脱轨离题了。……请原谅……您使我吃惊……

基里洛夫　您说他在自己枕头上画十字？

斯捷潘　是的。为什么呢？

基里洛夫　没什么。很有趣。

斯捷潘　是的，没准儿。对啦，您住哪儿呢，先生？

基里洛夫　菲利波夫公寓，德埃皮法尼街。

利甫廷　是吧，这可是沙托夫和列比亚德金居住的房屋呀。况且，我想您认识沙托夫的妻子吧。

基里洛夫　不，不对吧，您从哪儿得到的消息？

利甫廷　哎！我搞错了。反正，亲爱的朋友（向斯捷潘介绍基里洛夫）基里洛夫先生是一位作家，一个有修养的男子汉，您将会很乐意在您的圈子接待的。他正在准备做有关自杀的研究。这种研究排除问题的道德层面。况且，基里洛夫先生厌恶一切道德。窃以为，基里洛夫憎恶一切道德，而主张宇宙毁灭。

基里洛夫　利甫廷先生开玩笑吧，但我无所谓。四年以来，我跟自己的意念生活在一起，没有感到有必要跟任何人交谈。但不要以为我害怕被人向政府举报。

斯捷潘　（站起身）先生们，我深感遗憾。但……

基里洛夫　（站起身）喔，请原谅，我经常心不在焉。

斯捷潘　喔不，是我……（他们向场景深处走了几步）我希望再见到您。仅一件事，说一下吧，假如您允许的话。您主张摧毁宇宙而您又要建造一座桥，这走不到一起去吧。

基里洛夫　您说什么啦……哈，活见鬼。（笑）

利甫廷　（没动窝）哎！斯捷潘·特罗菲莫维奇。您成功地取笑了我们采访的人。这不，他已经被弄得心情不愉快了，因为他刚跟咱们的列比亚德金上尉发生了争吵，因为上尉每天早上和晚间用一根领带痛打他的疯妹妹，一个残疾女孩子……基里洛夫软心肠，不能容忍这样的场面。（他站起身）走吧，再见。

斯捷潘　他的妹妹，残疾女孩子……她在这里？多么奇怪哟！

利甫廷　是的，他去找她。如果我相信列比亚德金这个醉鬼的饶舌，他的妹妹被人诱惑，而列比亚德金声称从诱惑者那里获得一笔年金，据他所说，作为对他荣誉损失的补偿。这是可能的哇。当一个姑娘丧失荣誉，自有好几种方式方法把事情摆平，是不是啊，斯捷潘·特罗菲莫维奇？不管怎么说，他的妹妹犯病时，他就用领带打她，使她平静下来。

斯捷潘　为什么当您谈到女孩子被侮辱时要对我诉说呢？

利甫廷　因为基里洛夫从列比亚德金手中夺下领带，将其撕碎。

基里洛夫　为什么您这么讲话呢？这是我的事情。

斯捷潘　是的，您太喜欢唠叨多嘴啦！

利甫廷　得了，行了，那么开路。我是来给你们讲一个有趣的故事的，尤其会使瓦尔娃拉·斯塔夫罗金感兴趣，但请听下回分解吧。再见吧。

斯捷潘·特罗菲莫维奇·维尔科文斯基抓住他的翻领，把他一直推到扶手椅上，强迫他坐下。

斯捷潘　不，您马上讲出来。

利甫廷　但请您饶恕，斯捷潘·特罗菲莫维奇，饶恕吧！
　　　　我向您保证，那是鸡毛蒜皮的事儿！瓦尔娃
　　　　拉·斯塔夫罗金派人找我，向我提了问题。

斯捷潘　基里洛夫，我请您留下来，为他要说的事情做
　　　　证。请坐下。

基里洛夫坐下。

利甫廷　但为什么搞这么多的仪式呢？我要说的是无关紧
　　　　要的事儿。

斯捷潘　请照讲不误。

利甫廷　好吧，好吧。但请坐吧，好吗？您弄得我丧失思
　　　　路啦。

斯捷潘·特罗菲莫维奇坐下。

斯捷潘　瓦尔娃拉·彼得罗芙娜问您什么啦？

利甫廷　她问我是否认为尼古拉·斯塔夫罗金真的疯了。

斯捷潘　您怎么回答？

利甫廷　我认为他没有疯，很自然嘛。请注意，我有些怀
　　　　疑。证据是关于这个问题我请教过基里洛夫，他只
　　　　是回答我说："假如他没疯，那么他将会自杀。"
　　　　为此，我也向列比亚德金上尉询问过。这不，他认
　　　　为斯塔夫罗金损伤了他说不清楚的痛处，况且涉及
　　　　他的疯妹妹。这不，列比亚德金对我说："这是一

条机灵精明的蛇。但有可能他疯了。"他加添道：
"况且这不妨害他应该给我补偿。"

基里洛夫　利甫廷先生，您正在诋毁尼古拉·斯塔夫罗
　　　　金。我警告您他会来这儿，届时您用您的言辞
　　　　回答他吧。

利甫廷　但我没有说任何可能诋毁他的话。我曾第一个对
　　　　瓦尔娃拉·斯塔夫罗金说她的儿子是一个智力高
　　　　超的人。是列比亚德金上尉……

基里洛夫　您把他灌醉后让他说出来的。

利甫廷　哦不，这会使我付出太高的代价哪。捞个空腹
　　　　而已。列比亚德金声称尼古拉·斯塔夫罗金
　　　　有些性格弱点。而我，窃以为他是个大老爷
　　　　们儿，就是他活得腻烦了，不知道劲儿往哪处
　　　　使了呗。这一切也许正是列比亚德金所指责他
　　　　的，即指责他收买证人。确实，假如列比亚德
　　　　金的妹妹不是疯子不是瘸腿，我简直会相信她
　　　　是我们的唐璜的艳遇牺牲品，从而败坏咱们上
　　　　尉的家庭荣誉。说穿了，为什么不呢？一个又
　　　　疯又残的女子，从普通人家脱颖而出，这可能
　　　　是令人兴奋的！再说啦，全城获悉我们的美王
　　　　子犯有小小的毛病又有何妨。

斯捷潘　全城都知道了吗？有人说了些什么吗？

利甫廷　女人们，说他造孽！瘸腿女人并不是您学生的第一个牺牲品，亲爱的老师。有人列出一些别的姓氏，特别有个非常光鲜体面的姑娘，有个卑微的孤女。况且，有什么要紧的？这些破事儿可以处理的嘛。这几位都明白给她的哥哥一份年金，上哪儿找个慷慨的人，去掩盖其自身的差错哇。哎！有什么了不得的呢？

斯捷潘·特罗菲莫维奇站起来。基里洛夫也站起身。

基里洛夫　这一切皆卑鄙下流我是不能忍受的。

基里洛夫下场。

利甫廷　喂，您干什么？请等一等，我跟您一起走吧。

利甫廷下场。

斯捷潘　（茫然不知所措，对叙述者说）您瞧见了吧，您听见了吧，我现在能结婚去掩盖他人的造孽吗？

叙述者　您带着您的清醒头脑带着您的宽厚仁慈，您竟然能有如此卑鄙恶浊的念头……

斯捷潘　哦，上帝，您多么伟大多么仁慈，您将赐予我慰藉。

——补遗结束〕

莉莎和莫里斯·尼古拉耶维奇上场。

莉莎　喂，终于见到他啦，莫里斯，是他，正是他。（对斯捷潘·特罗菲莫维奇）您还认得我，是吗？

斯捷潘　上帝！上帝！亲爱的莉莎！终于获得如此幸福的一刻！

莉莎　是的，咱们分别有十二年了吧，您高兴见到我吧，对我说您很高兴又见到我啦。这么说，您没有忘记您的小学生啊。

斯捷潘·特罗菲莫维奇跑向她，拉住她的手，端详她，一时说不出话。

莉莎　喏，一束鲜花，是献给您的。我本想给您送糕点，但莫里斯·尼古拉耶维奇建议鲜花。他很会体贴人。喏，这就是莫里斯，我希望你们成为好朋友。我很爱他，是的，他是我在世界上最爱的人，莫里斯，向我的好老师致敬。

莫里斯　我非常荣幸。

莉莎　（对斯捷潘说）多么高兴重新见到您！但我很伤感。为什么在这样的时刻我总很伤感呢？给我讲解一下吧。您是个学识渊博的人。我始终想象重新见到您，我会幸福得发疯，因为我回忆起以前的一切，但现在我可一点儿幸福感都没有了，尽管我是爱戴您的。

斯捷潘　（手上捧着鲜花）一点关系也没有哇。这不，我
　　　　也一样嘛，我爱你们。瞧瞧，我都想哭啦。

莉莎　哦，对啦，您有我的肖像哪！（她去摘下一幅肖像
　　　画）这可能是我吗？我真的如此好看吗？但我不愿意
　　　看她了，不！一种生活过去了，另一种生活开始了，
　　　然后让位于另一种生活，就这样没完没了。（注视格
　　　里高列耶夫）您瞧，我又讲起那些老故事了。

斯捷潘　我忘记了，我昏了头，我向您介绍格里高列耶
　　　　夫，一位优秀的朋友。

莉莎　（有点儿卖弄风情）噢，对啦！是您吧，心腹！我
　　　觉得您非常讨人喜欢。

格里高列耶夫　我配不上这等荣誉。

莉莎　得了，得了，做一个正直的人不应当感到羞愧。（她
　　　转过身，背对格里高列耶夫，而他则带着欣赏注视
　　　莉莎）达莎跟我们一起回来的，您当然知道的。这可
　　　是个天使哟。我希望她幸福。对啦，她跟我谈了许多
　　　她哥哥的情况，那个沙托夫现在怎么样啦？

斯捷潘　不怎么样！空梦一场！他曾是社会主义者，又发
　　　　誓弃绝了，现在，他为上帝和俄罗斯而活着呢。

莉莎　是的，有人对我说他有点儿古怪。我倒想认识他。
　　　我想托他做些工作。

斯捷潘　当然，这可是个善举。

莉莎　为什么是个善举呢？我想认识他，我感兴趣……总
　　　之，我绝对需要某个人帮助我。

格里高列耶夫　我相当熟悉沙托夫，假如这能让您高兴，
　　　我立即去找他便是。

莉莎　好的，好的，不过有可能我要亲自去他那里，尽管
　　　我不想打扰他，也不想打扰在这座房子里的任何
　　　人。但我们必须在一刻钟后回到自己家里。您准备
　　　好了吗，莫里斯？

莫里斯　我听您的命令。

莉莎　很好。您很善良。（她向门口走去时对斯捷
　　　潘·特罗菲莫维奇说）您不会跟我不一样吧，我
　　　讨厌心地不善良的男人，即使他们非常俊美非常
　　　聪明，不是吗？人心必须要有。喔，对啦，我祝
　　　贺您要结婚啦。

斯捷潘　怎么，您知道……

莉莎　当然，瓦尔娃拉刚告诉我们的。多么好的消息！我
　　　肯定达莎没有思想准备。走吧，莫里斯……

——黑暗

叙述者　我就这么去看望沙托夫，因为莉莎要去，我已经觉得自己根本不能拒绝莉莎的任务要求了，尽管我一秒钟也不会相信她对自己突然的意愿所作出的解释。这就把我，同时也把你们引到不怎么高雅的社区，引到女房东费利波夫的住处，她把一些房间和一间公用客厅——至少她称之为一间客厅，租给一些古怪的人物，其中包括列比亚德金及其妹妹玛丽娅，还有沙托夫，尤其是基里洛夫工程师。

第三场景

场上布景显示一间客厅和一间小客房，即沙托夫的卧室；舞台左侧、客厅右侧有一扇门，面对基里洛夫的房间；舞台尽端有两扇门，一扇通门厅，另一扇对着二层楼梯。在客厅中央，基里洛夫面对观众，神情非常严肃。他正在做体操运动。

基里洛夫　一，二，三，四；一，二，三，四……（他呼吸）一，二，三，四……

格里高列耶夫上场。

格里高列耶夫　打搅您了？我找伊万·沙托夫。

基里洛夫　他出门了。您没打搅我，但我还剩下一个动作要做。不好意思。（他做动作时喃喃点数）得了。沙托夫快回来了。请您喝茶吧，嗯？我喜欢夜里喝茶。尤其做完体操之后。我来回踱步很久，并且喝茶到黎明。

格里高列耶夫　您黎明上床睡觉？

基里洛夫　一直如此。已经很久了。夜里我思考。

格里高列耶夫　整夜思考吗？

基里洛夫　（平静地）是的，应该如此嘛。对您说吧，我对世人不敢自杀的原因非常感兴趣。

格里高列耶夫　不敢吗？您认为自杀的人数还不够多吗？

基里洛夫　（心不在焉）正常情况下，应当多得多才行。

格里高列耶夫　（含讥带讽）按您的看法，是什么阻止人们自杀呢？

基里洛夫　疼痛呗。这不，因发疯或因绝望而自杀的人们是不考虑疼痛的。但出于理性而自杀的人们必定思考过。

格里高列耶夫　怎么，竟有出于理性而自杀的人吗？

基里洛夫　多的是啊。若没有疼痛和偏见，会有更多的人自杀，一大批人，没准儿所有的人呢。

格里高列耶夫　什么？

基里洛夫　他们即将会疼痛的念头阻止他们自杀。即使当人们知道不会有疼痛，但念头依然存在。请想象一块石头，大得像一幢房屋，倒在您身上。您不会有时间感觉到什么，不会真正感到疼痛。即便如此，人们还是害怕还是后退。这挺有趣的吧。

格里高列耶夫　　大概会有另外的原因吧。

基里洛夫　　是的……另外的世界。

格里高列耶夫　　您想说惩罚。

基里洛夫　　不，另一个世界。人们以为活着是存在某种理由的。

格里高列耶夫　　难道没有吗？

基里洛夫　　没有，没有的事儿，故而我们是自由的。活与死无所谓。

格里高列耶夫　　您怎么能够如此平静地说出口呢？

基里洛夫　　我不喜欢跟自个儿过不去，我也从来不笑。

格里高列耶夫　　世人害怕死亡，因为热爱生活，因为生活美好，仅此而已。

基里洛夫　　（突然感情用事）这是一种卑怯示弱，一种无耻勾当，仅此而已。世人生活并不美好。另一个世界又不存在！上帝只是一个幽灵，是被害怕死亡害怕痛苦所激发的幽灵。为了自由，必须战胜痛苦战胜恐怖，必须自杀。于是，就不再有上帝，世人终将自由。于是，人们将历史

分割为两部分：从大猩猩到上帝毁灭，从上帝
的毁灭……

格里高列耶夫　直到大猩猩。

基里洛夫　再到世人的神圣化。（突然平静下来）敢于自
杀的人，就是上帝。尚未有人想到这一点。而
本人我，想到了。

格里高列耶夫　已有数百万人自杀了。

基里洛夫　从来没人为此而自杀。始终怀着恐惧，从来
没有扼杀恐慌。为了扼杀恐惧而自杀之人，即
可立地成上帝。

格里高列耶夫　我担心他来不及。

基里洛夫　（站起身，温和地，好似不屑一谈）您笑的样
子使我感到遗憾。

格里高列耶夫　请原谅，我并没有耻笑，但这席谈话显得
非常奇怪。

基里洛夫　为什么奇怪呢？奇怪的倒是人们能够生活下去
而想不到这一点。而我，除此之外，不去想任
何其他的事情。我整个一生，只想这事儿。
（他向对方欠身致意，格里高列耶夫也欠身向
他回礼）我整个一生受尽上帝的折磨。

格里高列耶夫　您为什么跟我这么讲话？您并不认识我呀。

基里洛夫　您很像我的兄弟，他死了已有七年。

格里高列耶夫　他对您有很大影响吗?

基里洛夫　没有。他从来什么也不说。但您很像他,非常非常像。(沙托夫进屋,基里洛夫站起身)我荣幸地向您报告格里高列耶夫先生等了您一会儿了。

基里洛夫下场。

沙托夫　他怎么啦?

格里高列耶夫　我不知道。如果我理解正确,他要求我们全体自杀以便向上帝证明上帝并不存在。

沙托夫　是啊,这是个无政府主义者。他在美国感染上这种病症的。

格里高列耶夫　在美国?

沙托夫　我是在那边结识他的。我们一起忍饥挨饿,一起睡在光光的地上。在那个年代,我的想法很像所有那种性无能般的束手无策者。我们下决心去那边切身体验处在最艰难的社会条件下的个人经历。

格里高列耶夫　天主啊!为什么去那么远的地方哪?你们只需走出此地二十公里受人雇用收割庄稼就可以了嘛。

沙托夫　我知道。但当时我们就那么疯癫呀。这一位仁兄还是老样子,尽管在他身上有一种真正的激情和一种让我尊重的坚定性。他在那边忍饥挨饿一句怨言都没有。幸亏有个朋友慷慨解囊给我们寄钱，我们才得以回国。（他瞧着叙述者）您不问问我这位朋友是谁吗？

格里高列耶夫　谁呢？

沙托夫　尼古拉·斯塔夫罗金。（静默）您想知道他为什么这么做吗？

格里高列耶夫　我不相信那些闲言碎语。

沙托夫　是啊，听说他跟我妻子私通。哼！何时发生的呢？（他定睛注视叙述者）钱，我尚未还上。但我会还清的。我再也不想跟这个圈子里的人产生任何关系了。（停顿了一下）明白吗，格里高列耶夫，所有这些人，利甫廷、齐加列夫以及其他那么多人，比如斯捷潘·特罗菲莫维奇，甚至包括斯塔夫罗金，您知道怎么解释他们的行为吗？仇恨。（叙述者挥了一下手）是的，他们憎恨自己的国家。如果他们的国家能够一下子改革，如果他们的国家变得格外繁荣昌盛和幸福美满，他们将会第一批可怕地成为不幸者。届时，他们就再也不朝任何人脸上吐唾沫啦。然而，现在他们还能朝自己的国家啐唾沫，还能给自己国家使坏。

格里高列耶夫　而您呢，沙托夫？

沙托夫　现在，我热爱俄罗斯，尽管我并不配。正因为如此，我对俄罗斯的不幸感到忧伤，对我自己的卑微感到沮丧。我以前的朋友们，他们，指控我背叛了他们。（他扭过头去）暂时我得挣钱还给斯塔夫罗金。这是绝对必须做的。

格里高列耶夫　正因为如此……

有人敲门。沙托夫走去开门。莉莎手上捧着一叠报刊上场。

莉莎　（对格里高列耶夫说）喔，你已经到了。（她向他走来）昨天在斯捷潘·特罗菲莫维奇那儿我想象您对我有点儿义气。您能跟沙托夫先生说得上话吗？

在这段时间，她密切注视自己周围。

格里高列耶夫　喏，他本人正在。但我没有时间……沙托夫，伊丽莎白·德罗兹道夫——姓氏您知道的，委托我来跟您谈一件代理事项。

莉莎　我很庆幸认识您。有人跟我说起过您。彼得·维尔科文斯基对我说您很聪明。尼古拉·斯塔夫罗金也向我谈起过您。（沙托夫转过身去）不管怎么说，这本是我的想法。按我的意见，人们不了解我们的国家，是不是呀？于是我想必须收集好几年所有各种不同报刊登载的社会新闻和有意义的事件汇编成一本书。这本书势必成为俄罗斯的替身。如果您愿意帮助我……我必须有个行家里手。您的工作，我自然会付报酬的。

沙托夫　这个想法用心良苦，甚至精明老到……值得考虑……真的。

莉莎　（十分高兴）书一旦出售，咱们利润分成。您负责出版计划和具体工作，我则收集汇编，提供必要的出版经费。

沙托夫　但谁使您想到我能做这项工作的呢？为什么选我而不找别人呢？

莉莎　喔，是有人向我谈起您，觉得您这个人好相处。您接受吗？

沙托夫　这事儿，切实可行。好吧，您能把报纸留下吗？我考虑考虑。

莉莎　（拍板成交，拍手叫好）哦！我好高兴哟！书一旦出版，我好自豪啊！（她不停地环视四周）对啦，是不是这里住着列比亚德金上尉呢？

格里高列耶夫　对啊。我以为对您说过了呢。您对他感兴趣吗？

莉莎　对他，是的，但不仅有兴趣喔……反正，他对我有兴趣……（她注视格里高列耶夫）他给我写过一封信，夹着一些诗歌，告诉我他有事儿要揭露。我感到莫名其妙。（对沙托夫说）您对他有什么想法吗？

沙托夫　这是个酒鬼，一个不诚实的人。

莉莎　但有人对我说他跟自己的姐妹住在一起。

沙托夫　是的。

莉莎　有人说他虐待他姐妹，是吗？（沙托夫目不转睛地注视着她，没有回答）确实听说过许多许多事情。我问过尼古拉·斯塔夫罗金，因为他认识她，据说甚至很了解她，是不是？

沙托夫一直凝视着她。

莉莎　（突然说得激动起来）喔，听我说，我想马上去见见她，我必须亲眼看看她，求求您帮帮我。这是绝对必须的。

沙托夫　（走过去拿起那堆报纸）把您的报纸拿回去吧。我不接这份工作啦。

莉莎　但为什么呀？究竟为什么呢？我觉得我使您生气啦，是吗？

沙托夫　不是这件事儿。但这档子事儿不应该指望我，仅此而已。

莉莎　那档子事儿？这份工作不是假想的，是我决意要做的。

沙托夫　不错。但现在，您必须拿回去了。

格里高列耶夫　（亲切地）是的，回去吧，我求您了。沙托夫会考虑考虑的。我将会去看望您，我会跟您取得联系的。

莉莎注视他们，隐隐抱怨了一下，便灰溜溜走了。

沙托夫　那是个借口。她很想见玛丽娅·第莫菲耶芙娜。

　　　　我还不至于下贱到参与搞类似的假惺惺的把戏。

玛丽娅·第莫菲耶芙娜从沙托夫背后上场。她手里拿着一个小面包。

玛丽娅　你好！沙托什卡！

格里高列耶夫向她致意。

沙托夫向玛丽娅·第莫菲耶芙娜走过去搀扶她的手臂。她来到堂屋中央的桌子旁，把小面包放在桌子上，拉出一个抽屉，拿出一副纸牌独自玩，并不理睬格里高列耶夫。

玛丽娅　（洗纸牌）我独自一人待在自己的房间实在待
　　　　够啦。

沙托夫　我很高兴见到你。

玛丽娅　我也高兴哪。那个人……（她指格里高列耶夫）
　　　　我不认识他。很荣幸欢迎客人们！是啊，我总是
　　　　很高兴跟你说话，尽管你总是不梳头。你像个修
　　　　士那样过日子，过来我给你梳头。

她从口袋里掏出一把梳子。

沙托夫　（笑）这说明我没有梳子。

玛丽娅·第莫菲耶芙娜给他梳头。

玛丽娅　你真的没有梳子吗？得了，等晚些时候我的王子
　　　　回来了，我就把自己的梳子给你。（她在他头发
　　　　上分开一条缝儿，后退一下判断效果，然后把梳

子放入口袋）你愿意我跟你说话吗，沙托什卡？

（她坐下，开始玩纸牌占卜）你聪明，但你心烦意乱，而且你们个个百无聊赖。我不明白为什么你们全都活得腻烦。忧郁不等于无聊。我啊，我忧伤，但我自得其乐。

沙托夫　即使你的兄弟在场吗？

玛丽娅　你是说我的仆从吗？他是我兄弟，确实的，但更是我的仆人。我命令他："列比亚德金，送水来！"他照办了。有时候，我错不该在注视他时发笑，假如他喝醉了，他就打我。

她继续玩纸牌占卜。

沙托夫　（对格里高列耶夫说）确实如此。她把他当作走狗。他虽然打她，但她并不怕他。况且，她总是把刚过去的事情忘得一干二净，没有任何时间概念。（格里高列耶夫打了个手势）没事儿，我能当着她的面说这些话，因为她已经把我们忘了。她很快停止听别人说话而投入自己的沉思冥想。您瞧见那块小面包了吧。也许她自清晨以来只吃了一口，直到明天才吃完。

玛丽娅·第莫菲耶芙娜拿起小面包，却没停止瞧纸牌，尽管手里还拿着那一块尚未品尝的小面包。她要在谈话的时候才放下。

玛丽娅　　一次搬家，一个坏男人，一次背弃，一张灵床……得了吧，这都是些谎言。既然人都可以撒谎，为何纸牌不会撒谎呢。（她把纸牌洗了，站起身说：人人都说谎，除了上帝的母亲！）

她微笑着注视自己的双脚。

沙托夫　　上帝的母亲？

玛丽娅　　是啊，上帝的母亲，大自然呗，湿润的广袤大地！仁慈又实在。沙托什卡，你还记得写过的文字吗？"当你用泪水浇灌大地，直到润泽下去一尺[1]深，那你就心花怒放啦。"所以我经常哭泣，沙托什卡。流这些眼泪没有什么不好哇。这不，所有的眼泪都是欢乐的或都是有指望的欢乐。（她满脸泪水。她把双手搭在沙托夫的双肩）沙托什卡，沙托什卡，你妻子离开了你，是真的吗？

沙托夫　　是真的，她抛弃了我。

玛丽娅　　（抚摸他的脸）可别生气。我也一样嘛，我伤心哪，你晓得，我做了个梦：他回来啦。他，我的王子，他回来了。他以悦耳的声音唤我："我亲爱的，我亲爱的，来跟我重聚吧。"我好幸福。

1　指1法尺，相当于 325 毫米。

"他爱我，他爱我。"我反反复复这么说。

沙托夫　没准儿他真的会回来的。

玛丽娅　哦！不，这只是一场梦！我的王子不会再回来。我将孤眠独宿。喏，我的朋友，为什么你从来不问我任何事情呢？

沙托夫　因为你什么也不会跟我讲的，我心里有数。

玛丽娅　是的，噢，是的，我什么也不讲的！人家可以把我杀了，可以把我烧掉，但我什么也不会讲的，大家什么也不会知道。

沙托夫　显而易见。

玛丽娅　不过嘛，你心眼儿好，要是你要求我说出来，那么，没准儿……为什么你不向我提出来呢？向我提问呀，尽管向我提问吧，沙托什卡，我会说出来的。求求我让我同意说出来吧，沙托什卡。我将说出来，我将说出来……

沙托夫保持沉默，玛丽娅·第莫菲耶芙娜当着他的面，满脸泪水。继而门厅传来响声，传来粗话咒骂声。

沙托夫　是他，你哥回来了。快回屋去吧，否则他又要打你啦。

玛丽娅　（哈哈大笑）嗨！这是我的仆从吗？有什么大不了的呢？我们将他打发到厨房就得啦。（但沙托夫把她扶向舞台尽端的门）不用担心的，

沙托什卡，甭担心他。假如我的王子回来，他
会保护我的。

列比亚德金上，随手关门，砰然作响。玛丽娅·第莫菲耶
芙娜待在舞台尽端，脸上浮起一阵鄙夷的微笑，显得表情
怪异。

列比亚德金 　（在门口唱歌）

　　　　　　我过来对你说，

　　　　　　太阳已经升起；

　　　　　　森林既颤抖又喘息，

　　　　　　接受阳光火焰亲吻。

　　那儿是谁？朋友还是敌人？（对玛丽娅·第莫菲
耶芙娜说）你嘛，回你自个儿屋去。

沙托夫　让您妹妹安宁吧。

列比亚德金 　（向格里高列耶夫自我介绍）退役上尉伊格
纳斯·列比亚德金，为全世界及其朋友们效劳，
只要他们是忠实的朋友！唉，那帮恶棍！首先，
请大家知晓本人爱上莉莎·德罗兹道夫。她是一
颗明星，又是一位女骑士。总之一句话，一颗骑
马的明星。而我呢，是个正人君子。

沙托夫　是出卖自己姐妹的人吧。

列比亚德金 　（叫嚣）什么？又是诽谤！你晓得我可以用
一句话便叫你吃不了兜着走。

沙托夫　把这句话说出来。

列比亚德金　你以为我不敢吗？

沙托夫　不，你是个懦夫，尽管是上尉。你会害怕你的
　　　　主子。

列比亚德金　有人向我挑衅，您是证人，先生。得了，你
　　　　知道吗？这位女士，您知道是谁的老婆吗？

格里高列耶夫走了一步。

沙托夫　谁的老婆呢？你不敢讲出来吧。

列比亚德金　她是……她是……

玛丽娅·第莫菲耶芙娜朝前走来，她把嘴张得大大的，却
哑然无声。

——黑暗

叙述者　这位不幸的残疾女人是谁的妻子呢？达莎先前就
失身了，是真的吗？失身于谁了呢？再者，谁早已引诱过
沙托夫的妻子呢？好吧，我们即将获得答案了。这不，我
们这座小城的气氛变得非常紧张，最关键的无耻之尤举着
麦秆火把，将一切都摧毁，使所有人都显得赤条条的。请
相信我，见到自己的同胞们赤身裸体，通常是一场痛苦的

考验。到头来，那位人道主义者的儿子，即斯捷潘·特罗菲莫维奇的儿子，彼得·维尔科文斯基，在人们最没有料到的时刻终于出现了。

第四场景

瓦尔娃拉·斯塔夫罗金府邸。
格里高列耶夫和斯捷潘·特罗菲莫维奇在场。

斯捷潘　啊！亲爱的朋友，一切都要现在作出决定。如果达莎同意，星期日我将要成为一个结了婚的男子，这可不是闹着玩的。既然我非常亲爱的瓦尔娃拉·斯塔夫罗金请我今天来把一切安排妥当，我服从她的旨意。我这么做对她不会显得不体面吧，是不是？

格里高列耶夫　不会吧，您一时心里乱套而已。

斯捷潘　是啊，我心里真的乱套了。每当我想起，这位既慷慨又富有同情心的女子对我卑鄙恶劣的缺点那么宽宏大量！我简直是个随心所欲的孩子。带着孩子气一味自私自利，而根本没有孩子的天真无邪。瞧，她关照我二十年了。而我呢，就在她收到这些让人斯文扫地的匿名信的时候……

格力高列耶夫　匿名信……

斯捷潘　是的，请想象一下：有人向她揭发尼古拉把他的庄园领地送给了列比亚德金。这个尼古拉是个魔鬼。可怜的莉莎！这不，您爱她，我晓得的……

格里高列耶夫　谁允许您……

斯捷潘　得了，得了，算我啥也没说。莫里斯·尼古拉耶奇也爱她，请注意。可怜的男人，我可不乐意处在他的位置上。再说啦，我自个儿的处境也没容易多少哇。不管怎么说，我应当把事情讲清楚，我替自己感到羞愧，但我确实给达莎写了信。

格里高列耶夫　我的上帝！您对她说了些什么呢？

斯捷潘　噢！反正……总而言之，我给尼古拉也写过信了。

格里高列耶夫　您疯了？

斯捷潘　但我的意图是高尚的。毕竟，假设在瑞士确实发生过某些事，抑或已经有了个开端或苗头，甚至小小的苗头，我强迫自己首先探询他们的内心，生怕对他们形成一种约束。我一定要他们知道我是知情的，以便他们保持自由。我的行为纯粹是高尚的。

格里高列耶夫　然而，这是愚蠢的！

斯捷潘　是的，是的，是愚蠢。但怎么办呢？木已成舟啦。我也给儿子写信了。再说，管他呢！反正，我将娶达莎为妻，即使是在为他人掩盖错误。

格里高列耶夫　别说这样的话。

斯捷潘　啊，假如这个礼拜天永远不到来，被消除掉，干脆取消。上帝显一下灵。只在日历上取消一个周日，会费什么劲儿呢？而且正好向无神论者显示其威力，并且表明一切已成定局！我多么爱她，二十年来我多么爱她！难道她会相信我结婚是因为害怕或因为贫穷吗？我这么做，完全为了她一个人。

格里高列耶夫　您说的是谁呀？

斯捷潘　正是瓦尔娃拉呗。她是我二十年来崇拜的唯一女子。（阿列克西·伊戈罗维奇引沙托夫上）喔！咱们火气大的朋友驾到。您来看您的妹妹吧，想必……

沙托夫　不。我收到瓦尔娃拉·斯塔夫罗金的邀请，因为事情涉及我，说是警察局要传讯我们，我想是这么说的。

斯捷潘　不对！不对！这个说法不准确，尽管我不晓得涉及什么事情，也不晓得事情是否与您有关。反正，我们非常亲爱的瓦尔娃拉正在做弥撒。至于达莎，她在自己的房间。要不要我吩咐人叫她呢？

沙托夫　不。

斯捷潘　那就免谈吧，况且这样更好，越往后推越好。您没准儿晓得瓦尔娃拉给她安排的计划了吧。

沙托夫　是的。

斯捷潘　太好了，太好了！这样的话，咱们免谈吧，免谈吧。自然喽，我理解您感到意外，我自己也一样，我也感到意外。如此迅速……

沙托夫　住口。

斯捷潘　很好。说话客气点儿，我亲爱的沙托夫，至少今天。是的，请跟我耐心点儿。我的心情很沉重。

上场的有瓦尔娃拉·斯塔夫罗金以及帕拉斯科薇·德罗兹道夫，后者由莫里斯·尼古拉耶维奇搀扶。

帕拉斯科薇　多么大的丑闻！多么大的丑闻！莉莎居然掺和这等破事儿……

瓦尔娃拉　（摇铃）住口！你从哪儿看出是丑闻呢？这位可怜的姑娘不懂情理，要有点儿慈悲啊，我亲爱的帕拉斯科薇。

斯捷潘　什么？发生什么事儿啦？

瓦尔娃拉　根本啥事儿也没有。一个可怜的残疾姑娘在我做完弥撒出门时扑倒在我的膝下，亲吻我的手。（阿列克西·伊戈罗维奇上场）上咖啡……不要给马卸套。

帕拉斯科崴　在大庭广众之下，大家都上来围观啊！

瓦尔娃拉　当然是在大庭广众面前喽！感谢上帝，教堂座无虚席！我给了她十个卢布，把她扶了起来。莉莎还想把她送回家呢。

莉莎搀扶着玛丽娅·第莫菲耶芙娜上场。

莉莎　不行，我琢磨过了。我想过，你们大家都会高兴进一步了解玛丽娅·列比亚德金的。

玛丽娅　多么美啊！（她瞥见沙托夫）怎么你也在，沙托什卡！你到上流社会里来干什么？

瓦尔娃拉　（对沙托夫）您认识这个女人吗？

沙托夫　认识。

瓦尔娃拉　她是谁？

沙托夫　您亲自看见啦。

瓦尔娃拉焦虑地瞧着玛丽娅·第莫菲耶芙娜。

阿列克西·伊戈罗维奇端着托盘和咖啡上场。

瓦尔娃拉　（对玛丽娅·第莫菲耶芙娜）亲爱的，刚才您浑身发冷。喝下这杯咖啡，暖暖身子吧。

玛丽娅　（微笑）好。喔！我忘了还您头巾，那天您借给我的。

瓦尔娃拉　留着用吧。头巾属于您啦。请坐下，喝您的咖啡。不用害怕。

斯捷潘　亲爱的朋友……

瓦尔娃拉　　噢，您哪，免开尊口吧，局面已经相当复杂，
　　　　　您就别掺和啦。阿列克西去叫达莎下来。

帕拉斯科葳　莉莎，现在咱们必须退场了。你的位置不在这
　　　　　里，我们在这座房子里已不再有任何事情可做了。

瓦尔娃拉　　这倒是一句多余的话，帕拉斯科葳。感谢上
　　　　　帝，在这里只有朋友啊。

帕拉斯科葳　假如全是朋友，再好不过。其实，我倒是不
　　　　　怕舆论，我。倒是您哪，那么高傲自负，在众人
　　　　　面前发抖了吧。正是你害怕真相毕露吧。

瓦尔娃拉　　什么真相，帕拉斯科葳？

帕拉斯科葳　就是这个女人呀。

她用手绢指着玛丽娅·第莫菲耶芙娜。而玛丽娅见有人指着
她，便笑呵呵的，身子还扭个不停。瓦尔娃拉直立起来，脸
色苍白，嘴里咕哝着什么，别人也听不清。达莎从舞台尽里
上场，除了斯捷潘·特罗菲莫维奇，谁也没注意她上场。

斯捷潘　　（打了几个小手势，以便引起瓦尔娃拉·斯塔夫
　　　　　罗金的注意）达莎来了。

玛丽娅　　哦！她多美啊！喂！沙托什卡，你妹妹长得不
　　　　　像你。

瓦尔娃拉　　（问达莎）你认识这个人吗？

达莎　我从未见过她。但我猜她是列比亚德金的妹妹。

玛丽娅　　是的，他是我的哥哥，但更是我的仆从。我嘛，

我也不认识您，我亲爱的。然而，我渴望与您相遇，尤其自从我的仆从对我说您给了他一些钱。现在我很高兴。您很可爱，是的，很有魅力，我对您直说吧。

瓦尔娃拉　是什么钱哪？

达莎　尼古拉·斯塔夫罗金去瑞士时委托我把一笔钱交给玛丽娅·列比亚德金。

瓦尔娃拉　尼古拉？

达莎　尼古拉本人。

瓦尔娃拉　（沉吟之后）好吧。如果他这么做没有告诉我，他肯定有自己的道理，我不必都要知情嘛。但将来你要更谨慎一些。那个列比亚德金名声不大好。

玛丽娅　唔！他是不好，如果他来，必须把他打发到厨房。那是他的位置，能给他咖啡就行了。但我深深地蔑视他。

阿列克西　（上场）某个叫列比亚德金的先生非常坚持让我通报。

莫里斯　请允许我向您禀告，夫人，这不是一个咱们能在社交场合接待的人物。

瓦尔娃拉　我倒要接待一下。（对阿列克西·伊戈罗维奇说）让他上来吧。（阿列克西·伊戈罗维奇下

场）全告诉你们吧，我收到一些匿名信，上面
告诉我说我儿子是个魔鬼，要我提防一个残疾
女人，说她被召唤来在我的生命中扮演一个大
角色。我倒要弄个水落石出。

帕拉斯科葳　我也一样，我也收到了这些信。你知道是怎
么说这个女人和尼古拉……

瓦尔娃拉　我知道。

列比亚德金上，被激怒的样子，但没有喝醉。他走向瓦尔娃拉·斯塔夫罗金。

列比亚德金　我来到这里，夫人……

瓦尔娃拉　请坐在那把椅子上，先生，您从那里讲话也能
让人听清您要讲的。（他半转身走去坐下）现
在请您自我介绍吧，先生？

列比亚德金　（站起身）上尉列比亚德金，夫人，我是
来……

瓦尔娃拉　这位女子是您的妹妹吗？

列比亚德金　是的，夫人，她逃跑了，我没看住她，因
为……别以为我想恶意中伤我的妹妹，但……

他食指朝自己的太阳穴指了指。

瓦尔娃拉　已经遭遇这种不幸很久了吗？

列比亚德金　自从某个确切的日子，夫人，是的，某个确
切的日子……我是来感谢您接待她的。喏，这是

二十卢布。

他走向她，其他人行动起来好像要保护瓦尔娃拉·斯塔夫罗金。

瓦尔娃拉　您失去理智了吧，我想。

列比亚德金　没有，夫人。豪宅，您住着；贫民窟，是列比亚德金的陋室。玛丽娅，我妹妹生下来就姓列比亚德金，没有丈夫的姓氏，她只收下您给她的十卢布。从您，夫人，只从您手上，她将收下一切。但她一只手收下您给的钱，另一只手则登记赠给您名下的一家慈善机构。

瓦尔娃拉　登记需到我门房去，先生，您在离开的时候去办一下就行。因此，我请您把您的纸币收起来，别在我面前乱晃。我也会感谢您回到您的位置上去。现在请您解释，请告诉我为什么您的妹妹可以接受我所给的一切。

列比亚德金　夫人，这是个秘密，我会将其带入坟墓。

瓦尔娃拉　为什么如此呢？

列比亚德金　我能向您提个问题吗？公开地，按俄罗斯的方式，从心灵深处？

瓦尔娃拉　说来听听。

列比亚德金　世人是否仅仅因为有颗太过高贵的心灵而死亡呢？

瓦尔娃拉　我从来没向自己提过这样的问题。

列比亚德金　真的从来没有过吗？那么果真如此的话……

　　　　　（他使劲儿捶胸脯）无望的心哪，沉默吧。

玛丽娅·第莫菲耶芙娜哈哈大笑。

瓦尔娃拉　先生，停止猜谜语似的说话，直接回答问题。

　　　　　为什么她可以从我这里接受一切呢？

列比亚德金　为什么呢？嗬！夫人，几千年来，一天又一

　　　　　天，整个自然界向其造物主提问"为什么"，答

　　　　　案却总是等不来啊。难道必须由列比亚德金上尉

　　　　　一个人来回答吗？这公平吗？我很想自称帕韦

　　　　　尔，而我偏偏名叫伊格纳斯……为什么？我是诗

　　　　　人，灵魂中的诗人，我却生活在猪圈般的地方。

　　　　　为什么？为什么？

瓦尔娃拉　您表达得堂皇浮夸，我认为这是一种肆无忌惮

　　　　　的行为。

列比亚德金　不，夫人，根本不是肆无忌惮。我只是个蟑螂

　　　　　似的伪君子，但蟑螂不会抱怨。人哪，有时候吧，

　　　　　身处的状况逼迫您承受家族的不光彩而不张扬家

　　　　　丑。故而，列比亚德金将不会抱怨，他不会讲一句

　　　　　多余的话。夫人哪，请承认他心灵高尚吧。

阿列克西·伊戈罗维奇上场，情绪非常激动。

大家都转向大门。

传来急促的脚步声。彼得·维尔科文斯基上场。

斯捷潘　怎么……

帕拉斯科葳　怎么是……

彼得　我向您致敬，瓦尔娃拉·斯塔夫罗金。

斯捷潘　彼得，正是彼得，我的孩子。

他急忙过去，把彼得搂住。

彼得　好了，好了，别这么激动。（他挣脱拥抱）请你们
　　　想象一下，我进屋时，以为见得到尼古拉·斯塔夫
　　　罗金，却没见到。半小时以前他是在基里洛夫家与
　　　我分手的，约好在这里碰头。不过，他快到了，我
　　　很高兴向你们通报这个好消息。

斯捷潘　我可有十年没见到你啦。

彼得　那就更不可以得过且过啦。请稳重一点儿！啊，莉
　　　莎，我多么高兴。您非常可敬的母亲没有忘记我
　　　吧？您的双腿怎样啦？亲爱的瓦尔娃拉·斯塔夫罗
　　　金，我早已事先通知父亲啦，但他自然忘得一干二
　　　净……

斯捷潘　我的孩子，皆大欢喜啊。

彼得　是的，你爱我。不过，你得安静呀。嘿！尼古拉
　　　到啦！

尼古拉·斯塔夫罗金上场。

瓦尔娃拉　尼古拉！（斯塔夫罗金听到叫他，便站住）我

请您立刻告诉我，别离开您的位置。这个女人是您的合法妻子吗？

尼古拉盯住母亲，微笑，然后走向她，吻她的手。

他以同样镇静的步伐走向玛丽娅·第莫菲耶芙娜。

玛丽娅站起来，脸上浮起痛苦的欣喜。

斯塔夫罗金　（带着异乎寻常的温和与亲切）您不应该待在这里。

玛丽娅　我能在这里，现在，在您面前下跪吗？

斯塔夫罗金　（微笑）不行，您不能够这么做。我既不是您的兄弟也不是您的未婚夫更不是您的丈夫，是不是呀？挽着我的手臂。请允许我把您送回您哥哥家去吧。（她向列比亚德金投去一道恐惧的目光）一点儿也不用害怕。现在我在场，他不会再碰您了。

玛丽娅　噢！我什么也不怕。您终于来啦。列比亚德金，去叫马车过来吧。

列比亚德金下场。

斯塔夫罗金把手臂伸向玛丽娅·第莫菲耶芙娜，她挽上他的手臂，喜形于色。但她走着走着，失足一步快摔跤了，幸好被斯塔夫罗金扶住。

他把她送到出口处，动作彬彬有礼，而四周一片寂静。

莉莎从椅子上站起来，脸上挂满憎恶。

他们俩一走出去，全场喧哗。

瓦尔娃拉　（对帕拉斯科葳）怎么样，你听到他刚才说的了吧？

帕拉斯科葳　当然啰，当然啰，但他为什么没有回答你呢？

彼得　因为他不可以回答的嘛，相信我的话吧！

瓦尔娃拉　（猛然盯住问）为什么？您知道什么？

彼得　我什么都知道嘛。故事太长，尼古拉无法长话短说。但我会给你们说清楚，因为我是这一切的见证人。

瓦尔娃拉　您要以名誉作担保，您的叙述不会伤害尼古拉的感情……

彼得　正相反！他将会感谢我讲出真相……请你们设想一下，五年前，尼古拉，怎么说好呢，过着一种日子……好嘲笑戏弄人。是的，就得用这个词儿。他当时感到无聊，但又不甘心绝望，于是他不干正经事儿，随便跟什么人外出，反正心灵高贵呗，也摆大贵族的派头。总之一句话，他跟无赖混蛋常来常往。就这样，他认识了这个列比亚德金，一个小丑，一个寄生虫。列比亚德金兄妹生活贫困。一天，在一间酒吧，某人对这个瘸腿女孩缺乏尊重。尼古拉站起来，抓住那个侮辱人的家伙的脖领，一记耳光便把他扇到门外去了。就这些。

瓦尔娃拉　怎么……"就这些"吗？

彼得　是的。一切是从这件事开始的。瘸腿女孩便爱上了
　　　她的骑士，而尼古拉还没跟她说上两句话呢。有人
　　　嘲笑她，唯有尼古拉不笑话她，还敬重地对待她。

斯捷潘　喏，这倒是骑士风度啊。

彼得　是的，你们瞧见了吧，我父亲赞同瘸腿姑娘。基里
　　　洛夫则不同意这种看法。

瓦尔娃拉　那么为什么？

彼得　基里洛夫对尼古拉说："这是因为您把她当作一位
　　　侯爵夫人对待，以至完全弄昏了她的头脑，而您是
　　　故意这么做的。"

莉莎　那么骑士是怎样回答的呢？

彼得　尼古拉回答说："基里洛夫，您以为我在嘲弄她，
　　　但您搞错了。我尊重她，因为她比我们大家都更值
　　　得尊重。"

斯捷潘　超凡出众之见解！怎么说呢……是的，再一次，
　　　骑士风度！

彼得　是的，骑士风度！不幸的是瘸腿姑娘到头来想象尼
　　　古拉成为她的未婚夫啦。总之，尼古拉不得不离开
　　　彼得堡，也做出自己的安排，他采取了措施以确保
　　　给瘸腿姑娘一笔年金。

莉莎　为什么这么做呢？

彼得　我不知道。也许心血来潮吧，一个过早厌世的人

是有可能做出这种行为的，是不是啊？反正，基里洛夫，他认为厌世的年轻人是决意看一看到底能把一个半疯的残疾人引诱到何种程度。但我相信这不是真的。

瓦尔娃拉　（带着异乎寻常的慷慨激昂）当然喽！我认出尼古拉！我认出自个儿来啦！这样冲动！这种由着性子，这种慷慨的盲目性，表现为保护弱者保护残疾人，也许甚至保护不配的人……（她注视斯捷潘·特罗菲莫维奇）……保护这样的家伙多年，这正是我本人，完全是我本人！噢！我面对尼古拉觉得自己罪过有多大啊！至于那位可怜人儿，这非常简单，我来收养她好啦！

彼得　您这是做好事呀，因为她的哥哥折磨她。他以为有权支配她的年金，不仅拿走她所有的，还打她；不仅拿走她的现金，而且拿去喝酒，他还冒犯她的恩人，威胁如果年金不直接付给他就去告上法庭。不管怎么说，他把尼古拉自愿的馈赠，自愿的馈赠哪，是不是，当作一种义务啦。

莉莎　什么义务呢？

彼得　嗳！我不知道，我呀！他大讲自己妹妹的荣誉，大讲自己家庭的荣誉。而荣誉这个词儿空泛，很空泛嘛。

沙托夫　真的是一句空话吗？（所有人都注视他）达莎，
　　　　这个词儿，按你的意见，也是个空泛的词儿吗？
　　　　（达莎注视他）回答我。

达莎　不，哥哥，荣誉存在。

斯塔夫罗金上场。

瓦尔娃拉站起身，快速过去迎候他。

瓦尔娃拉　尼古拉呀！原谅我吗？

斯塔夫罗金　应该是我请求原谅，母亲。我本该向您解释
　　　　清楚。但我相信彼得·维尔科文斯基会费心向您
　　　　交代的。

斯捷潘　极致，这个词儿很恰当。

斯塔夫罗金　骑士风度，确实的！你们能这样看待事情，
　　　　我推测得到这种赞扬多亏了彼得·维尔科文斯
　　　　基。应当相信他，母亲。他只在遇到意外特殊情
　　　　况才说假话。（彼得·维尔科文斯基与他四目相
　　　　视，微微笑了笑）好啦，我再次对我的态度表示
　　　　歉意，这桩事儿到此了断啦，不能再提起了。

莉莎爆发一阵狂笑。

斯塔夫罗金　您好，莉莎。我希望您一切顺利。

莉莎　请您原谅。您大概认识莫里斯·尼古拉耶维奇。我
　　　　的上帝，莫里斯，世人怎么能如此伟大呢？

莫里斯　我不明白。

莉莎　喔！没什么，我刚才是在想……假如我残疾了，您引领我上街，您将会有骑士风度，是吗？您将忠实于我，是不是？

莫里斯　肯定的，莉莎。但为什么讲起这样的不幸呢？

莉莎　当然喽，您将会有骑士风度。那么您，多么高大，而我，有点儿弯腰曲背，咱们组成可笑的一对。

瓦尔娃拉·斯塔夫罗金走向莉莎，帕拉斯科葳·德罗兹道夫也走向莉莎。

但斯塔夫罗金却转身走向达莎。

斯塔夫罗金　我听说了您的婚事，达莎，我该向您道喜。（达莎转过头去）我的祝贺是诚心诚意的。

达莎　我知道。

彼得　为什么祝贺呢？我该认为有什么喜事儿吧？

帕拉斯科葳　对，达莎快结婚了。

彼得　哦！令人惊喜呀。那么也请接受我的祝贺吧。不过，您就输掉您打的赌啦。您在瑞士对我说您永远不会再结婚了。果真，这是一种传染病吧。您知道我父亲也要结婚吗？

斯捷潘　彼得！

彼得　是啊，你不是给我写过信吗？您的文笔不清晰倒是真的，你说自己喜出望外，然后请求我救救你，你对我说姑娘是一颗钻石，但你不得不结婚，为了替别人掩盖他在瑞士犯下的罪孽，你要求我同意。（这真是个颠倒的世界啊！）可你又恳求我把你从这桩婚姻中救出来。（对着其他人兴致勃勃地说）请你们自己去搞清楚吧！他这代人就这个德行，高谈阔论，思想混乱，不着边际！（他好像觉察到自己这席话产生了作用）唉，怎么啦……我好像干了件蠢事儿。

瓦尔娃拉　　（朝他走去，满脸通红）斯捷潘·特罗菲莫维奇就是这么原原本本写的吗？

彼得　　是，喏，信就在这里。信写得很长，就像其他所有的信一样。我不从头到尾读，必须坦白承认。况且，他也无所谓，他这些信主要是为后世写的。不过他所写的倒是没有一点儿害处。

瓦尔娃拉　　尼古拉，是不是斯捷潘·特罗菲莫维奇把这桩婚事通知你的呢？以同样的文笔风格，我猜，是吗？

斯塔夫罗金　　他确实给我写过信，但是一封非常高尚的信件。

瓦尔娃拉　　够了！（她转身向斯捷潘·特罗菲莫维奇）斯捷潘·特罗菲莫维奇，我等着您帮个大忙。我等待着您出去，等待着您永远不再在我面前出现。

斯捷潘·特罗菲莫维奇走向她，带着尊严行了礼，然后走向达莎。

斯捷潘　请原谅我，达莎，出了这档子事儿。我感谢您接受了。

达莎　我原谅您，斯捷潘·特罗菲莫维奇。我对您只怀有友情和敬意。您哪，至少对我保持您对我的尊重。

彼得　（拍打自己的前额）噢，我明白啦！怎么，是跟达莎？请原谅我，达莎。我不知内情。要是我父亲早有点儿智慧，预先告诉我实情而不是连篇累牍写空话就好了。

斯捷潘　（凝视他）有可能你一点儿也不知道？！可能你是在演戏吧。

彼得　嗨！瓦尔娃拉·斯塔夫罗金，您瞧见了吧，这不仅仅是老顽童，也是个使坏的老顽童呢。我怎么弄得明白哪？一桩罪孽，在瑞士！请你们搞个水落石出吧！

斯塔夫罗金　住嘴吧，彼得，您的父亲行事高尚。而您，您却冒犯了我们大家都尊敬的达莎。

沙托夫起身，走向尼古拉·斯塔夫罗金。

后者向前者一直微笑，但当前者接近后者时，后者停止微笑。大家都看着他们，寂静之后，沙托夫用尽全力扇了斯塔夫罗金一个耳光。

瓦尔娃拉尖叫。

斯塔夫罗金抓住沙托夫的双肩，然后松开手，把双手放到自己的背后。沙托夫在斯塔夫罗金的目光下后退了。

斯塔夫罗金微微一笑，欠身施礼后便出去了。

莉莎　莫里斯，请过来，把手给我！请诸位看一看这个男子，是最棒的男人。莫里斯，在大家面前，我向您宣布：我同意做您的妻子。

莫里斯　您肯定吗？莉莎？您同意做我的妻子了吗？

莉莎　（注视着斯塔夫罗金出去的那扇门，脸上布满泪水）是的，是的，我肯定啦！

——幕落

第二幕

第五场景

[补遗第五场景中被删减的文字：

叙述者　好像这些不幸的事件还不足够，城市开始骚动。斯塔夫罗金蛰居他母亲家，不再显露他的生命迹象，这就说明大家正谈论他呢，主要议论他杀沙托夫的方式。一些人倾向于干净利索漂亮地掐死，另一些人则认为是更为高明精干的报仇：沙托夫死得不知所终。有人喁喁私语，说什么斯塔夫罗金早在瑞士就跟莉莎私通。有人也因加加诺夫的儿子到达而兴高采烈，这不，其父曾被人牵着鼻子走，他到处扬言要杀斯塔夫罗金，为家族报一箭之仇。这种一般性的煽动还被骚扰城市的社会运动加剧了。例如，齐皮戈利纳工厂的工人们威胁要罢工。但尤其各种事件一个接一个发生，给我们的城市社会引来一种紧张气氛。一个王八蛋往出售《福音书》的小摊位塞进一包猥亵照片。

另一名恶棍砸碎耶稣诞生塑像教堂墙框里的东正教圣像，并往墙框里塞进一只老鼠。有人记录霍乱的病例，记录许多动物的流行病，记录许多火灾。盗窃的次数加倍了。一个少尉早已习惯在自己的房间点大蜡烛，面对唯物主义的著作，到头来咬了他的上司，扇了他的上司。到头来，甚至于开始流传，要求关闭教堂，要求关闭学校，要求破除家庭，要求释放普通犯人。总之一句话，城市发高烧了，而彼得·斯捷潘诺维奇却是个例外。他兴奋得进而可攻退而可守，在一片混乱中怡然自得，而我们所有的同胞在焦虑中干等一场尚未见识过的灾难，他们已感到大难临头。

——黑暗

瓦尔娃拉·斯塔夫罗金府邸。

尼古拉·斯塔夫罗金，在房中央，坐着睡觉，笔直靠在沙发上，纹丝不动，手中握着一封信。勉强感觉得出呼吸。他的脸色苍白而严肃，恰似僵化了。他的双眉微微皱起。有人怯生生敲门，瓦尔娃拉进屋。她走近观察，向他俯身，不禁毛骨悚然。她离开一点儿，保持距离，给他画了个十字。他睁开双眼，待着不动窝，死死盯住他正前方的一点。

瓦尔娃拉　尼古拉，我可以让彼得·斯捷潘诺维奇进来吗？

彼得　（进屋）当然可以喽。

斯塔夫罗金把信件藏进自己口袋里，但他对彼得·维尔科文斯基突然闯入感到吃惊。

瓦尔娃拉下场。

彼得　我故意大声嚷嚷，为了不让您吃惊。

斯塔夫罗金　但您已经掌握了使我吃惊的时刻。

彼得　噢！您想说这封信吧。我知情的。

斯塔夫罗金　真的吗？

彼得　是的，这是加加诺夫儿子的一份决斗挑战书。他要在决斗场上打死您，为他父亲报仇。他自己亲口对我说的。

斯塔夫罗金　您经常跟他来往吗？

彼得　跟大家一样吧。我跟所有人都来往，如您亲眼所见。没有例外。他驾车陪我到这里来的。这个蠢蛋，但……

他走向房门，好像侧耳倾听门外发生什么事儿……

斯塔夫罗金　（很冷淡）家母从来不隔着门听别人说话。

彼得　（欣喜地）我确信无疑！你们这些贵族，就这么高尚嘛，但即使她侧耳倾听了，我也会赞成，这是一种方式方法嘛。我自己就加以利用。

斯塔夫罗金　得到了好的效果吗？

彼得　得到很棒的效果呀。

斯塔夫罗金　您极喜好掺和别人的事务。

彼得　您想说星期天的事儿。但我的行动是为了您好哇。

斯塔夫罗金　您没有行动，您是口头说话。

彼得　确实的。但我将行动，我总有一天将行动……不管
　　怎样，我千方百计安排您的事务，您并没有作任何
　　解释，是不是呀？况且，自从星期天以来，我千方
　　百计向您母亲解释为什么沙托夫对您这么恶劣。

斯塔夫罗金　沙托夫是好人，您，您是坏人。

彼得　我是坏人。但我，我没有扇您耳光啊。

斯塔夫罗金　如果您举手打人，我就毙了您，就像打死一
　　条狗。（静默）您知道我会杀人的。

彼得　我知道。但您不会杀我的，因为您蔑视我。

斯塔夫罗金　您倒是目光犀利。我看不起您，确实，但您
　　也使我开心。

彼得　我希望如此，我尽一切所能吧，这不，我，自很久
　　以来，我一直仰慕您一直喜爱您。星期天，那是为
　　了你，我扮演了侍从小丑的角色。再说啦，也是因
　　为这就允许我把他们一个个蒙骗啦。

斯塔夫罗金　蒙骗谁呢？

彼得　所有的人哪，这个城市的每一个人。我说话我聊

天，我空口说白话，我滔滔不绝，我废话连篇，我胡说八道。他们稀里糊涂听着我说话，他们并不认真对待我的说辞。这样，我就能干破坏的活儿啦。

斯塔夫罗金　破坏之事有进展？我希望……

彼得　有啦，有啦。我们的地方军政府长官冯·朗勃克，咱们都可以踢他的大肚皮啦！他居然写些小说，并念给我听。他的妻子朱莉娅·米克哈洛夫娜对我很感兴趣。她要把我扣留在深渊边儿上。

斯塔夫罗金　什么深渊？

彼得　她的想法是必须阻止俄罗斯青年走向革命。怎样阻止呢？她的妙计很简单。必须提倡青年有理，赞扬革命，向青年指出身为革命者身为女性行政长官是很好的事情。这样一来，青年就会明白这样的体制是最好的，因为人们可以辱骂现存体制而无危险，甚至想要摧毁现存体制还可以受到奖赏。您明白吗？

斯塔夫罗金　是的，一个愚蠢的女人！

彼得　不，一个女理想主义者。瞧瞧我父亲，还有卡尔马济诺夫，那个官方的老作家，一直跟在屁股后面。这帮人证明世人可以既是理想主义者又是聪悟精明之辈。我呢，既不是理想主义者又不是聪悟精明者。怎么啦？

斯塔夫罗金　我没说什么。

彼得　算我倒霉！我真希望您对我说："是啊，您很聪明。"

斯塔夫罗金　我从来没想对您说任何类似的话。

彼得·维尔科文斯基站起身，边走动边用他的圆帽扑打自己的膝盖，恶狠狠地瞅着斯塔夫罗金打哈欠。

彼得　我使您厌倦。好吧，好吧。我走啦。啊！让我给您讲一讲这事儿：离这里不远有个步兵团。昨天，我们跟军官们喝酒，一起讨论。三小时后，酒喝得光光的，醉神溜走了，在座的有位老上尉却来到酒厅中央，他开口说话好像在自言自语："假如上帝不存在，那么，我的上尉军衔意味着什么呢？"说完之后，他拿起自己的鸭舌帽，拔脚走人。

斯塔夫罗金　把问题概括得不能再好啦。

彼得　我早知道这个故事会使您感兴趣的。

斯塔夫罗金　只是有适度的兴趣，您若有什么具体的事儿对我说，就请说出来，说完请走人。我还要出门呢。

彼得　我来是请您参加我的团体的会议。

斯塔夫罗金　干什么呢？

彼得　参加会议的还有利甫廷、维尔金斯基、利雅姆金、齐加列夫以及其他人物。

斯塔夫罗金　干什么呢？

彼得　喂，好哇，您可是许诺过我的哟。

斯塔夫罗金　我只是对您说您的阴谋使我觉得很有趣，我乐意看看怎么运作。但我不是你们一伙儿的。

彼得　我只是对他们说您将到场。

斯塔夫罗金　如果我听明白了的话，您把我介绍成为你们这个组织的头头，以便抬高您的重要性。那么好，您将失去重要性，这是明摆着的。

彼得　（一副很委屈的样子）我还有一件事要对您说。

斯塔夫罗金　简明扼要！

彼得　照您的吩咐，我把列比亚德金和他的妹妹安置在城河的另一面街区了。

斯塔夫罗金　谢谢。

彼得　您母亲刚才已获悉了。她大概原本感到不安心，但见了我，她满面笑容了。

斯塔夫罗金　我今天已向她许诺五天后将向莉莎·尼古拉耶夫娜·德罗兹道夫求婚。

彼得　（无言对答，只好问）怎么她不是现在已跟莫里斯·尼古拉耶维奇订婚了吗？不过，您言之有理，只要一个召唤，她便会离开他的，即使她已经处在结婚的状态。真正的问题并非在于此啊。

斯塔夫罗金　困难究竟在何处？

彼得　问题在于您并非处于自由状态。不过，您若愿意

解脱，只需打个手势，我为您排除障碍，您心里
很明白。

斯塔夫罗金　我不明白。

彼得　其实，您非常明白，听我说吧。有个人，叫费德
卡，就在附近，他在这里转悠，一个从西伯利亚逃
跑的苦役犯，是我们家从前的农奴，请想象我父亲
因为当年需要用钱，十五年前把他当士兵给卖了。
是的，理想主义者们便是如此的。反正，这个费德
卡是个真正惹人注目的人物。

斯塔夫罗金　很自然，您已经跟他谈起过。

彼得　是的，他已一切就绪。干什么都行，别忘了他。当
然，是为了钱喽。您倘若真的想娶莉莎，为此，您
想要获得自由之身，打个招呼即可。我将把您的意
愿执行到底。（斯塔夫罗金摁铃）您这就把我扔出
门外啦？

斯塔夫罗金　不，我要出去。如果您再跟我谈起您刚才谈
的事儿，我将会让您尝尝我手杖的滋味儿。

——补遗结束]

瓦尔娃拉·斯塔夫罗金府邸。

阿列克西·伊戈罗维奇左臂搭一件大衣、一条围巾、一顶帽子。

在他面前,斯塔夫罗金正在穿衣服准备出门。彼得·维尔科文斯基站在桌子旁边,一副赌气的模样。

斯塔夫罗金　（对彼得）如果您又像刚才那样跟我讲话,
　　　　　　我就让您尝尝我的手杖的滋味儿。

彼得　在我的建议中没有任何冒犯哇。如果您实在想娶莉
　　　莎……

斯塔夫罗金　……您若能给我清除掉唯一阻挡我的障碍
　　　　　　就好了。我知道,我站在您的位置替您把话讲
　　　　　　了,为了避免您挨我的手杖敲打。我的手套,
　　　　　　阿列克西。

阿列克西　下雨啦,先生,我该在几点钟等您呢?

斯塔夫罗金　最晚下午两点。

阿列克西　听您吩咐。（斯塔夫罗金拿起自己的手杖,准
　　　　　备从小门出去）但愿上帝保佑您,先生。但只
　　　　　在您干一件好事的时候。

斯塔夫罗金　怎么啦?

阿列克西　愿上帝保佑您。但只在您干一件好事的时候。

斯塔夫罗金　（一阵沉默之后,把手搭在阿列克西的胳膊

上）我善良的阿列克西，我还记得你抱我的那些时光。

他下场。

阿列克西从舞台尽头下场。

彼得·维尔科文斯基扫视周围，然后去翻查一张书桌的抽屉，掏出几封来信。这时，斯捷潘·特罗菲莫维奇上场。彼得藏起信件。

斯捷潘　阿列克西·伊戈罗维奇对我说你在这里，我的儿子。

彼得　咦，你来这所府第干什么？我以为你已被赶出去了，不是吗？

斯捷潘　我来找自己最后的物件，理完就离开，不抱回来的希望，也没有怨恨。

彼得　得了吧，你还会回来的！一条寄生虫到头来还是一条寄生虫哪。

斯捷潘　听我说，我的朋友，你别这么跟我说话，好吗？

彼得　你不断说必须把真实看得高于一切。真实是你假装爱戴瓦尔娃拉·彼得罗芙娜，而她却假装没有看出你爱她。作为笨拙幼稚行为的代价，她供着你。因此，你是个寄生虫。我昨天建议她把你安置到一家适当的收容所算了。

斯捷潘　你向她谈起我吗？

彼得　是的。她对我说她明天会找你谈话，把一切摆平。事实是她仍愿意见您的鬼脸。她给我看你的信件。真可笑，我的上帝，真把我乐坏了！

斯捷潘　你笑话了？你长的是什么心哪？你知道什么是父亲吗？

彼得　你已经教了我什么是父亲吧。你没给我喝的，也没给我吃的，你通过邮车把我邮寄到柏林，像邮寄一件包裹。

斯捷潘　倒霉蛋！尽管我通过邮车把你运走，我的心不断地在流血！

彼得　空话！

斯捷潘　你是不是我的儿子，魔王！

彼得　你应当比我了解得更清楚。在这个问题上，确实父亲们倾向于抱有幻想。

斯捷潘　马上闭嘴吧！

彼得　不，别唉声叹气啦。你像一个民间老太婆，哭哭啼啼，唉声叹气。况且，整个俄罗斯都在唉声叹气。幸亏，我们就要改变这种状况了。

斯捷潘　谁？我们？

彼得　我们这些人呗，我们这些正常人呗。我们将塑造世界。我们是救星哪！

斯捷潘　像你现在这副德行自称可以向世人自我推荐替

代基督的地位，有可能实现吗？瞧瞧你这副德行吧！

彼得　别嚷嚷。我们将摧毁一切。我们将彻底破坏，然后重新开始。届时将是平等。你宣扬过平等，是吗？那好吧，你将获得平等。我打赌你将会认不出来的。

斯捷潘　假如这种平等像你，我定将认不出来啦。不，我们这些人追求的不是这些东西！我什么也不再弄得明白了。我停止理解啦。

彼得　这一切都怪你这病态的老神经。你们一味高谈阔论。我们呢，我们付诸行动。你有什么好抱怨的，你这个老糊涂虫。

斯捷潘　怎么你能如此麻木不仁呢？

彼得　我上了你的课呗。你主张强硬对付正义，要确立自己的权利，勇往直前，走向未来！好哇，我们正在勇往直前，我们将震撼，以牙还牙，如同《福音书》上所言。

斯捷潘　可怜虫，此话没写入《福音书》里。

彼得　见鬼去吧！我从来没读过这本魔鬼书，况且，也没有读过任何书本。书有什么用？有用的，算得上有用的，就是进步。

斯捷潘　嗬，不对，你真的疯了！莎士比亚和雨果，并不妨碍进步吧。相反，正好相反，我向你保证。

彼得　别激动嘛！雨果是个老娼妇，别无其他。至于莎士比亚，咱们的农民上草场根本不需要。他们需要靴子，这就行了。在摧毁一切之后马上给农民靴子，这就得了呗。

斯捷潘　（企图讽刺一下）要到什么时候呢？

彼得　五月份，六月份，大家都生产鞋吧。（斯捷潘·特罗菲莫维奇坐下，萎靡不振）该高高兴兴了吧，老东西，你的思想就要变成现实了。

斯捷潘　这些不是我的思想。你想摧毁一切，又不想彻底破坏。而我，我总想人人相爱。

彼得　不需要相爱！将来有科学。

斯捷潘　但科学使人厌烦哪！

彼得　为什么厌烦？这正是一种贵族思想。大家平等就不烦恼了嘛，也不再戏弄了呗。一切平等。当我们将拥有正义加上科学，就没有爱了，也不烦恼了，忘得一干二净。

斯捷潘　任何男人永远不会接受遗忘自己的爱。

彼得　还是空话。回忆一下吧，老头儿，你忘了吧，你结过三次婚啦。

斯捷潘　两次，并且之间有很长的间隔。

彼得　间隔或长或短，反正遗忘。因此，遗忘得越快越好。哼！再说啦，你从来不知道自己要什么，偏偏就来烦我。而我，知道得一清二楚：应该砍掉一半人头。剩下的人们，就让他喝酒好啦。

斯捷潘　砍掉人头比产生思想更容易啊。

彼得　什么思想呢？思想就是废话。为了获得正义必须清除废话。而废话对你们有用，对像你这样持过时看法的人有用。必须选择。如果你相信上帝，你就不得不说些过时的见解；如果你不相信并拒绝下结论说必须铲平一切，那么你将依旧老调重弹。你们总是处于这种状态，因此你们情不自禁说些过时的话。我呢，我说必须行动。不搞改善。人们越改善越改革，结果越糟糕。首先摧毁。然后嘛，那就不再是我们的事儿啦。剩下的全是过时的废话，过时的废话，过时的废话。

斯捷潘　（神魂颠倒地离开）他疯了，他疯了……

彼得·维尔科文斯基大笑不止。

——黑暗

叙述者　得了，这么说吧！我忘记禀告你们两件事儿：第一件是在斯塔夫罗金卧床治疗时，列比亚德金兄妹神秘地搬了家，安置在城郊某处小屋居住；第二件是一名被判服苦役的杀人犯越狱潜逃，在我们周围转悠。因此，有钱人夜间不外出。

街道。
斯塔夫罗金在黑夜里行走。他没有发现费德卡跟随其后。

第六场景

菲利波夫公寓的公用客厅，德埃皮法尼街。
基里洛夫蹲伏着，正在捡滚到一件家具底下的皮球。斯塔夫罗金打开门时，看见他处在这个姿势。
基里洛夫手上捧着球，站起身时看见他了。

斯塔夫罗金　您在玩球呢？
基里洛夫　这球，我还是在汉堡买的，用来抛球和接球：
　　　　　增强背部，也可以跟房东的孩子一起玩。
斯塔夫罗金　您喜欢孩子吗？
基里洛夫　是的。
斯塔夫罗金　为什么呢？
基里洛夫　我热爱生活。请喝茶，好吗？
斯塔夫罗金　好吧。

基里洛夫　请坐吧。您找我有什么事儿吗？

斯塔夫罗金　请您帮个忙吧。请看一下这封信。这可是加加诺夫儿子的挑战书。我先前咬过他父亲的耳朵。（基里洛夫念信，然后放在桌上，注视斯塔夫罗金）这不，他已经给我写过好几次信辱骂我。起初，我给他回信，向他保证如果他依旧对我冒犯他父亲这件事耿耿于怀，我准备向他致最诚恳的道歉，况且我的行为并非有预谋的，我那个时期犯病了。我非但没有使他平静，反而好像更激怒他了。这是从他给我的信中针对我的言辞看得出来的。今天有人交给我一封信。您看到他在信结尾是如何对待我的吧？

基里洛夫　是的，说什么"吃耳光的嘴脸"。

斯塔夫罗金　"该吃耳光的嘴脸"，是的。尽管我并不乐意，这不，必须决斗了吧。我来请您当我的见证人。

基里洛夫　我去了应该说些什么呢？

斯塔夫罗金　首先重申，对冒犯他的父亲我再次向他道歉。请告知，我准备忘却他对我的侮辱，条件是他不再给我写这类信件，尤其是使用如此俗不可耐的说辞。

基里洛夫　他不会接受的。您看得很清楚他决意打斗并要您的性命。

斯塔夫罗金　我知道。

基里洛夫　好吧。请告诉我决斗的条件。

斯塔夫罗金　我决意明天了结一切。请明天上午九点去见
　　　　　他。我们可以两点钟到现场。武器是手枪。两个
　　　　　垒位相距十米。我们双方离对方十米，各自站好
　　　　　之后，一有信号就走向对方。各自都能边走边开
　　　　　枪，每人三颗子弹。这就齐了。

基里洛夫　两垒之间十米，少了。

斯塔夫罗金　那就十二米吧，您若愿意。但不可再远了。
　　　　　您有手枪吗？

基里洛夫　有啊，您想看看吗？

斯塔夫罗金　当然。

基里洛夫对着一只箱子蹲下，从里面抽出一盒手枪，放在
斯塔夫罗金面前的桌子上。

基里洛夫　我还有一把从美国买来的手枪呢。

他把枪给斯塔夫罗金过目。

斯塔夫罗金　您拥有许多武器。非常漂亮的武器。

基里洛夫　是我唯一的财富。

斯塔夫罗金注视他，然后慢慢地关上盒子，仍目不转睛地
望着基里洛夫。

斯塔夫罗金　（犹豫地）您始终处于原有的心境吗？

基里洛夫　（立刻很自然地）是的。

斯塔夫罗金　我要说的是对于自杀。

基里洛夫　我早已明白，是的，我处于本来的思想状况。

斯塔夫罗金　噢，定在什么时候呢？

基里洛夫　很快啦。

斯塔夫罗金　您显得很欣喜啊。

基里洛夫　我是感到很欣喜。

斯塔夫罗金　我明白个中缘由。有时候我也寻思。假设有
　　　　　人犯了罪，或不妨说干了一件特别卑劣特别无耻
　　　　　的事儿。于是，一颗子弹进了脑袋，那就什么也
　　　　　不存在了！也就无所谓耻辱不耻辱了。

基里洛夫　并不为此而感到幸福。

斯塔夫罗金　为什么呢？

基里洛夫　你见过一片树叶吗？

斯塔夫罗金　见过的。

基里洛夫　在阳光下，叶片带着绿绿的亮亮的叶脉，是吗？
　　　　　是不是很好看？是的，一片叶子说明一切。世
　　　　　人，死亡，出生，所有的行为，一切都好哇！

斯塔夫罗金　即使……即使……

他停止讲话。

基里洛夫　即使什么？

斯塔夫罗金　假如有人对您喜爱的一个孩子使坏，比如，对

一个女孩子，假如有人作践了她，那么也好吗？

基里洛夫　　　（默默凝视他）您作践过女孩子吗？（斯塔
　　　　　　　夫罗金不吭声，古怪地摇摇头）假如有人干
　　　　　　　了这样的坏事，这也好哇。假如某人劈开作
　　　　　　　践女孩子的家伙的脑袋或者相反有人原谅他
　　　　　　　了，这一切很幸运吧。当我们知晓此事，会
　　　　　　　幸福一辈子吧。

斯塔夫罗金　　您在什么时候发现您是幸福的呢？

基里洛夫　　上星期三。夜里。两点三十五分。

斯塔夫罗金猛地站起身来。

斯塔夫罗金　　是您点亮圣像前的长明灯吗？

基里洛夫　　是我。

斯塔夫罗金　　您祈祷吗？

基里洛夫　　我老是在祈祷。您瞧见这只蜘蛛了吧。我静
　　　　　　观着蜘蛛，感激其攀升爬行。这便是我的祈
　　　　　　祷方式。

斯塔夫罗金　　您相信来世的生活吗？

基里洛夫　　我不相信永恒的来世生活，但相信现世的永恒
　　　　　　生活。

斯塔夫罗金　　现世的吗？

基里洛夫　　是的，某些片刻。一种持续五秒多钟的快乐，
　　　　　　然后死亡。

斯塔夫罗金带着某种恼恨注视他。

斯塔夫罗金　您却声称不相信上帝！

基里洛夫　（爽直地）斯塔夫罗金，我恳求您，别带着讥
　　　　　讽跟我说话。请记住您对我意味着什么吧，请
　　　　　记住您在我生活中已经起到的作用。

斯塔夫罗金　时间晚了。明天早上请准时到加加诺夫家。
　　　　　请记住：九点钟。

基里洛夫　我很准时。我想什么时候醒就能什么时候醒。我
　　　　　睡下时对自己说：七点钟，我准在七点醒来。

斯塔夫罗金　这倒是一种非常珍贵的能力。

基里洛夫　是的。

斯塔夫罗金　快去睡觉吧。但事先对沙托夫说一声：我要
　　　　　见他。

基里洛夫　等一等。（他拿起角落里的一根棍子，敲侧面
　　　　　板壁）喏，他马上过来。但您，不睡觉了吗？
　　　　　明天您可是要决斗喽。

斯塔夫罗金　即使我疲劳了，我的手也不颤抖。

基里洛夫　这是一种宝贵的能力。晚安。

沙托夫出现在远台底处的门口。

基里洛夫朝他微笑，从侧门出去了。

沙托夫注视着斯塔夫罗金，然后慢慢走进来。

沙托夫　您已经把我折磨得够呛了！为什么您拖沓到这时

才来呢？

斯塔夫罗金　您如此肯定我会来？

沙托夫　我不能想象您抛弃我，而我也不能离开您。您还记得您在我生命中所起过的作用吗？

斯塔夫罗金　那么您为什么打我呢？（沙托夫保持缄默）是因为我跟您妻子的私情吗？

沙托夫　不是。

斯塔夫罗金　那是因为您妹妹跟我的传闻吗？

沙托夫　我不信。

斯塔夫罗金　好啦。况且，这并不重要。由于我不知道明天晚上在哪里，我仅仅是来给您一个警告，同时请求您帮个忙。先说警告吧：您有被暗杀的危险。

沙托夫　被暗杀吗？

斯塔夫罗金　被彼得·维尔科文斯基小组。

沙托夫　我晓得。但您怎么听说的呢？

斯塔夫罗金　我是他的小组成员，跟您一样呗。

沙托夫　您，斯塔夫罗金，您是他们团体的成员，您竟登上他们的破船，跟那些虚荣心强却笨头呆脑的走卒为伍吗？您怎么能这样呢？这难道是无愧于尼古拉·斯塔夫罗金的一个壮举吗？

斯塔夫罗金　请您原谅，但您应该丢掉把我看作全体俄罗斯的沙皇，而您自己却只是沙皇身边一粒沙土的习惯。

沙托夫　　嗳！请停止以这种语气跟我说话！您非常清楚这是些坏蛋和走狗，您可千万不要跟他们混在一起啊……

斯塔夫罗金　　毋庸置疑，他们是些坏蛋。不过，那有什么关系？说真的，我不完全属于他们的团体。如果说我有时帮他们一下，那是业余爱好而已，因为我根本没有更好的事儿可做。

沙托夫　　干这等事儿还能以业余的身份吗？

斯塔夫罗金　　有时会遇到以业余身份结婚，生儿育女，有时会有以业余身份犯罪。但提起犯罪，倒是您冒着被杀的危险，而不是我，至少不是我被他们所杀。

沙托夫　　他们对我无可指责。我是加入过他们的组织。后来，我前往美国，在那边我的思想改变了。我回来后对他们说了。我向他们诚实地宣布我们在所有的观点上都不相同。这是我的权利，我的信仰权我的思想权……我不认可……

斯塔夫罗金　　别嚷嚷。（基里洛夫上场，他来取手枪匣子，然后下场）彼得·维尔科文斯基会毫不犹豫将您除掉，如果您冒险危害他们的组织。

沙托夫　　他们让我感到好笑。他们的组织甚至并不存在。

斯塔夫罗金　确实，我推测一切都是彼得·维尔科文斯基独自一人头脑里的主意。其他人以为他是一个国际组织的代表，所以其他人都追随他，而他具有让其他人信以为真的天才。就这样他们组成了一个团体。仅仅如此，从这个小团体出发，他也许能组成国际组织呢。

沙托夫　这个平庸之辈这个无知之徒这个糊涂之虫对俄罗斯一无所知。

斯塔夫罗金　确实，那帮人对俄罗斯一窍不通。但不管怎么说，即使他们对俄罗斯知之甚少，至少略微比咱们少一些，一个笨蛋也能很好使用手枪射击吧。因此，我来提醒您哪。

沙托夫　我很感谢您。我感谢您在被我打了之后还这么做。

斯塔夫罗金　不然。我是以德报怨。（笑）让您高兴高兴，我是基督徒嘛。到头来，我会成为一个基督徒，如果我相信上帝。可是一不当心（站起身），野兔逃走了。

沙托夫　野兔?

斯塔夫罗金　是啊，做一道红酒洋葱烧野味，就得有一只野兔。为了相信上帝，必须有个上帝呀。（还在笑，但是冷面笑）

沙托夫　（十分心浮气躁）别这么亵渎上帝！不要笑！收

起这种口气，请使用有人情味儿的口吻。请讲人话，哪怕您一生只讲一次也行。记不记得我去美国之前您对我讲的话？

斯塔夫罗金　我不记得了。

沙托夫　那我来跟您讲吧。是时候了，要有某个人向您说出您的真情实况，必要时敲打敲打您，让您最终想起您是怎么样的。您是否记得您对我说过，唯有俄罗斯人民能够以一个新上帝的名义拯救世界的？您记得起您曾说过"一名无神论者不会是俄国人"吗？那个时候，您可不说什么野兔并不存在哟。

斯塔夫罗金　确实，我相信回想得起咱们的交谈。

沙托夫　什么交谈，见鬼啦，根本不是什么交谈，而是一个主子宣布天大的事情以及一个弟子门徒从活死人之中复活。弟子门徒便是在下，而您哪，便是主子。

斯塔夫罗金　天大的事情，真的吗？

沙托夫　是的，是真的。您是否对我说过假如有人向您数学般精确地证明真理存在于基督之外，您宁愿跟基督而不跟真理在一起？是不是您说过驱使一国人民生命的盲目力量去寻找上帝，比理性比科学更为重要，还说正是盲目的力量、唯有盲目的力量，决定善与恶，因此，为了走在人类的前头，

必须由俄国人民，走在人民的基督后面……我相
信了您的话，种子在我身心发了芽……

斯塔夫罗金　我为您感到高兴。

沙托夫　抛掉这种语气，马上抛掉否则我……是的，您对
我说过的，这一切啊！而就在同一时期，您向基
里洛夫说了相反的话，他在美国时向我透露过。
您向他的心灵灌输了谎言和否定，您把他的理性
猛推至疯狂。您亲眼见证了您的杰作亲眼欣赏了
您的杰作是吗？

斯塔夫罗金　我得向您指出基里洛夫本人刚对我说他完全
称心如意。

沙托夫　这不是我要问您的事儿。请问：您怎么能够对他
说一套而对我又说另一套呢？

斯塔夫罗金　我大概试图从两种情况说服自己。

沙托夫　（绝望地）现在您是无神论者。您不再相信您向
我传授的思想了吗？

斯塔夫罗金　沙托夫，您呢？

沙托夫　我相信俄罗斯，相信俄罗斯的正统观念，相信基
督圣体……我相信第二次救世主降临俄罗斯。我
相信……

斯塔夫罗金　上帝吗？

沙托夫　我……我将相信上帝。

斯塔夫罗金　好嘛，您并不相信哪。况且，人们能够既聪明又信神吗？不可能吧。

沙托夫　不，我没说我不相信。我们大家都是死人或半死人，没能力信仰什么。但必须有些男子汉站出来，首先是您，我所敬佩的您。唯有我了解您的才智了解您的天资了解您广博的文化了解您宏伟的观念。在这个世上，只有一小撮优秀人物，两三个而已，您就是其中之一，是的，唯一能举旗的人。

斯塔夫罗金　我注意到大家此时都要把一面旗子交到我手里。维尔科文斯基也乐意我举起他的旗帜。但他，是因为他欣赏我的他称之为"超常的犯罪才干"。我怎么找得到头绪呢？

沙托夫　我晓得您也是个魔鬼。有人肯定听您说过您在任何兽性肉欲的闹剧和牺牲壮举之间看不出有任何不同，有人甚至说您曾经在圣彼得堡参加一个秘密团体，是个令人恶心的放荡团体。有人说，还是有人说，但我不愿相信他的话，说什么您引诱一些小男孩到家里玷污他们……（斯塔夫罗金猛地站起身）请回答。说真话。尼古拉·斯塔夫罗金不能在打过他脸的沙托夫面前撒谎。您干了那些破事儿没有？如果您干了，您就不再能举旗了。我理解您的绝望，理解您的力不从心。

斯塔夫罗金　够了，这些问题提得很不恰当。（他注视沙
托夫）况且，事关重大吗？我呢，我只关心更平
常的问题。比如说：应当活下去抑或必须自毁自
灭呢？

沙托夫　如同基里洛夫那样吗？

斯塔夫罗金　（痛苦地）也许必须的吧！也许必须的吧！
但我怕自己是孬种，也许我明天就豁出去啦，也
许永远不会。这就是问题，我给自己提的第一个
问题。

沙托夫　（扑向他，抓住他的肩膀）您追求的就是这个。
您寻求惩罚。亲吻大地吧！用您的泪水浇灌大地
吧！哀求慈悲吧！

斯塔夫罗金　放开我，沙托夫。（他与沙托夫保持距离，
带着痛苦的表情）请您记住：我那天本可以杀了
您的，但我把双手背到身后。好歹不要追逼我。

沙托夫　（又往后退）喔！为什么我命中注定要相信您喜
爱您呢？我不能把您从我心中驱走，尼古拉·斯
塔夫罗金。您一旦走出门，我将亲吻您的脚印。

斯塔夫罗金　（仍旧痛苦地）我很沮丧对您说出来，我不
可能喜爱您哪，沙托夫。

沙托夫　我晓得。您不可能爱任何人，因为您是个没有根

基没有信仰的人，唯有根基扎入土地的人才能够爱戴才能够建设才能够信仰。其他人则一味破坏。而您，您情不自禁地摧毁一切，您甚而至于受彼得·维尔科文斯基那类笨蛋诱惑，他们刻意舒舒服服地毁坏，仅仅因为破坏比不破坏更容易。但我将把您拉回到从前的道路上。届时您将得到安宁，而我，我不再单独守住您曾经教给我的东西。

斯塔夫罗金　（重新镇定下来）我感谢您的好意。但眼下您可以帮我找到野兔，您可以先帮我一个忙，比我来找您帮的忙更小一些。

沙托夫　帮什么忙？

斯塔夫罗金　假如以这样或那样的方式我落得个消失了事，我希望您照看我的妻子。

沙托夫　您的妻子？您结婚了？

斯塔夫罗金　是的，跟玛丽娅·第莫菲耶芙娜结了婚。我知道您对她影响挺大。您是唯一能……

沙托夫　真的是您娶她为妻了？

斯塔夫罗金　有四年了。在彼得堡。

沙托夫　有人强迫您娶的？

斯塔夫罗金　强迫？不。

沙托夫　您跟她有一个孩子？

斯塔夫罗金　她从未生过孩子，她不能生孩子。玛丽娅·第

莫菲耶芙娜一直是处女。我只求您照顾她。

沙托夫瞧着他离开，目瞪口呆。

然后，沙托夫追了上去。

沙托夫　喂！我明白了。我了解您。我明白您。您娶她是

为了惩罚自己犯了一个斯文扫地的过失。（斯塔

夫罗金打了个不耐烦的手势）听我说，听我说，

快去看望第科尼。

斯塔夫罗金　第科尼是谁呀？

沙托夫　一位以前的主教，退隐到圣伏锡米乌斯修道院。

他能帮助您。

斯塔夫罗金　（凝视沙托夫）谁能在这个世上帮助我呢？

甚至您都不行，沙托夫。我不再要求您做什么

了，晚安。

——黑暗

第七场景

一座浮桥。

斯塔夫罗金往河对岸的方向走，在雨中，撑着伞。

费德卡从他身后突然出现。

费德卡　先生，我能在您的伞下避雨吗？

斯塔夫罗金站住。以下对话在伞下进行，两人四目相对。

斯塔夫罗金　你是谁？

费德卡　我，无关紧要。但您哪，您是斯塔夫罗金先生，
　　　　一位爵爷！

斯塔夫罗金　你是费德卡，苦役犯！

费德卡　我不再是苦役犯了。我被判无期徒刑，这倒是确
　　　　实的，但我觉得刑期太长了，我便换营生了。

斯塔夫罗金　你在这里干什么？

费德卡　什么也不干。我需要通行证，而没有通行证，在
　　　　俄国是寸步难行的。幸亏一位您认识的人，彼
　　　　得·维尔科文斯基，许诺给我搞一张通行证。暂
　　　　且我守候您，希望大人恩赐三个卢布。

斯塔夫罗金　是谁给你下命令窥伺我的呢？

费德卡　没人，没人！彼得·维尔科文斯基倒是这么对我
　　　　讲的，也许，凭我的才能，我能为大人您效劳，

在某些情况下，给您排除某些妨碍别人的家伙。由于他也告诉我您将经过一座桥到河另一边去访问某些人。这不，我等了您三夜了。您瞧我配得上要三个卢布吧。

斯塔夫罗金　行了吧，听着：我喜欢让人听明白我讲话的意思。你从我这里连一个戈比也得不到，并且我不需要、永远也不需要你。万一我在路上再见到你，在这座桥上或在别处，我会把你捆起来交送警察局。

费德卡　是的，但我需要您哪。

斯塔夫罗金　滚，否则挨我揍啦。

费德卡　先生，那就看在我是个无助的穷孤儿的分上，瞧，下着雨呢。

斯塔夫罗金　我跟你说的是君子一言，假如我再碰到你，我就把你绑起来。

费德卡　我将会依旧守候您的。什么事儿都难说的啊！

他消失了。斯塔夫罗金瞧着他离去的方向，然后继续步行。

——黑暗

第八场景

列比亚德金的家。

尼古拉·斯塔夫罗金已经在屋里，列比亚德金接过他的雨伞，收拾起来。

列比亚德金　　多么讨厌的天气！噢！您身上全湿了。（他向前推一把椅子）请坐！请坐！（他又挺身而起）噢！您瞧见了吧，我过日子像个修士，清茶淡饭，独处一隅，寒碜苦命，合乎古代骑士的三愿：祝愿心愿意愿。[1]

斯塔夫罗金　　您以为古代骑士发誓的是这样的三愿吗？

列比亚德金　　不知道，也许我弄混淆了……

斯塔夫罗金　　您肯定搞混了。我希望您没喝酒吧。

列比亚德金　　稍微喝了点儿。

斯塔夫罗金　　我早就跟您有话在先，不要酗酒。

列比亚德金　　是的，奇怪的要求。

斯塔夫罗金　　玛丽娅·第莫菲耶芙娜在哪儿？

列比亚德金　　在隔壁呢。

斯塔夫罗金　　她睡觉了！

1　即进入修道院时要发誓的三愿：贫修，贞洁，顺从。

列比亚德金　噢，没有呐，她在打纸牌算命。她等您呢，她一得知您来的消息，就开始化妆啦。

斯塔夫罗金　我过一会儿见她。在见她之前，我有些事情要跟您了结！

列比亚德金　我希望如此。那么多事情积压在我心头。我很想能够像从前那个时候跟您自由谈话。啊！你在我一生中起到很大的作用。现在，人们对待我多么残忍。

斯塔夫罗金　我看出来了，上尉，四年来您一点儿也没变。（他默默注视上尉）这不，有人说得对：世人在前半生养成的种种习惯决定着后半生的人生。

列比亚德金　噢！精妙之言哪！好吧，就这么着吧，生命之谜解开了！然而，恰恰相反，完全相反，我正在像条蛇蜕皮换皮哪。而且，我把自己的遗嘱都写好了。

斯塔夫罗金　那就怪了，留下什么遗产呢？留给谁呢？

列比亚德金　我要把自己的骨骼留给大学生。

斯塔夫罗金　您希望生前获得一笔酬金吗？

列比亚德金　为什么不呢？这不，我在报纸上读到一位美国人的传记。他把自己的巨额财产捐赠给科学基金会，把他的骨骼献给当地医学科学院的学生，他的皮肤用来制作一面鼓，早上和晚上敲打演奏美国国歌。但，咱们若跟美国相比，跟他们大胆的思想相比，只不过是小人国的侏儒啦。假如我试着像美国人那样做，就会有人指责我是社会主义者，就会有人没收我的皮肤。故而，我不得不满足于跟大学生打交道。我乐意把自己的骨骼遗留给他们，但条件是在我的脑袋上贴上一条标签，上面写着："一位痛悔的自由思想家"。

斯塔夫罗金　因此，您已知晓您处在死亡的危险之中了。

列比亚德金　（惊跳起来）我，不会吧，您想说什么呢？开个玩笑是吧？

斯塔夫罗金　难道您没有给军政行政长官写过信揭露维尔科文斯基小团体，而您自个儿也是其成员？难道不是吗？

列比亚德金　我不是他们小团体的成员，但几乎可以说为他们服务过的。我给行政长官写信解释过这类事情。但如果彼得·维尔科文斯基真的相信。唔！我定要去圣彼得堡，我亲爱的恩人，况且正为了这档子事儿我一直在等您，因为去那边我需要钱哪。

斯塔夫罗金　您再也不会从我这儿得到任何东西啦。我已给您太多了。

列比亚德金　确实的，但我呢，我接受了耻辱呀。

斯塔夫罗金　让令妹做我的合法妻子，这件事有什么耻辱呢？

列比亚德金　可是，结婚是秘密进行的！要保持秘密，注定是个谜！我从您那儿得到钱，好吧，这是正常的嘛！但有人若问我："为什么您接收这笔钱呢？"我受诺言的约束，不能回答，这样就伤害了我妹妹，伤害了我家的荣誉。

斯塔夫罗金　我是来对您说我准备弥补对您高贵家庭所造成的伤害。明天没准儿我正式宣布我们的婚姻，那么家庭不名誉的问题将会了结啦。因此，很自然，我将再也不必向您支付补助的经费，这个问题也随之解决了。

列比亚德金　（慌了手脚）那怎么行哪？您可不能公开宣布这档婚事。她半疯半癫的呀。

斯塔夫罗金　我自有办法。

列比亚德金　您母亲将会怎么说呢？您必须将您的妻子领到你们家去喔。

斯塔夫罗金　这与您无关。

列比亚德金　但我呢，我将变成什么呢？您把我像一只破鞋抛掉哇。

斯塔夫罗金　对呀，就像一只破旧的靴子，这个字眼儿顶准确。现在就唤玛丽娅·第莫菲耶芙娜过来吧。

列比亚德金下场后，带着玛丽娅·第莫菲耶芙娜又上场，她停留在屋子中央。

斯塔夫罗金　（对列比亚德金说）您出去吧，不，别从那儿出去。您会偷听的。到屋外去。

列比亚德金　但外面下雨呢。

斯塔夫罗金　用我的伞吧。

列比亚德金　（茫然不知所措）您的伞，真的吗？我配得上这样的荣誉吗？

斯塔夫罗金　所有人都配得上一把伞。

列比亚德金　是的，是的，当真的，这属于人权嘛。

他下场。

玛丽娅　我能亲您的手吗？

斯塔夫罗金　不，现在还不行。

玛丽娅　好吧。请您坐到灯光下，以便我瞧您。

斯塔夫罗金朝她走去是为了坐到扶手椅上。

她后退，举起的手臂仿佛要保护自己，脸上呈现惊骇的表情。斯塔夫罗金站住。

斯塔夫罗金　我让您受惊吓了，请原谅我。

玛丽娅　一点事儿也没有。突然一下子，我认不出您啦。我觉得您成了另一个人啦。您手上拿着什么？

斯塔夫罗金　哪只手？

玛丽娅　右手，是一把刀吧？

斯塔夫罗金　瞧瞧，我的手是空的。

玛丽娅　是空手，是空手。昨夜，我梦见一个男人，很像我的王子，但并不是他。但见他手持一把刀朝我走来。啊，（她叫唤）您究竟是我梦见的杀人凶手还是我的王子呢？

斯塔夫罗金　您现在没做梦，请您镇定。

玛丽娅　假如您是我的王子，为什么您不拥吻我呢？确实的，我的王子从来不拥抱我。但他亲热。而我从您身上得不到任何亲热的感觉。相反，在您身上有什么在骚动，正威胁着我呢。可是我梦中的王子却称我是他的鸽子。他送给我一枚戒指。"晚上请瞧瞧戒指，我就会来到您的梦中的。"

斯塔夫罗金　戒指在哪儿呢？

玛丽娅　我老哥换了买酒喝了。现在夜晚，我一个人。夜夜如此呀……

她哭泣。

斯塔夫罗金　不要哭泣，玛丽娅·第莫菲耶芙娜。从今往后，我们就一起生活了。

玛丽娅紧张地凝视着他。

玛丽娅　是的，你的声音现在是温柔的。我记忆犹新。我知道为什么您对我说我们将生活在一起。那天您在马车上对我说，我们的婚姻将公之于众，但我对此害怕。

斯塔夫罗金　为什么？

玛丽娅　我不会招待客人。我对您一点儿也不合适。我晓
　　　　得，有的是仆从。但我亲眼看到您的女亲戚们在
　　　　您家。尤其对她们而言，我很不合适呀。

斯塔夫罗金　她们伤害您了吗？

玛丽娅　伤害？根本没有啦。我注视你们所有人。你们在
　　　　那儿失和反目，名缰利锁；你们聚集在一起时，
　　　　甚至不会尽情欢笑，那么多财富却那么少欢乐！
　　　　真是斯文扫地。那天……不……我没有受到伤
　　　　害，但我伤心。我觉得您因为我而感到丢脸了。
　　　　是的，您感到羞愧了，是的，那天上午您开始疏
　　　　远我，您的脸色甚至都变了。我的王子离开了。
　　　　唯一留下的是那个蔑视我的人，也许是憎恨我的
　　　　人。再也没有甜蜜的话语，而只有烦躁，只有怒
　　　　火，只有刀子。

她站起身，浑身颤抖。

斯塔夫罗金　（猛然发火）够了！您疯了，疯了！

玛丽娅　（低声细气）我求您啦，王子。请出去后再进来。

斯塔夫罗金　（气得发抖，很不耐烦）进来？为什么进来？

玛丽娅　为了知晓您是谁呀。这五年中，我等待他来，我
　　　　一直想象他怎么进来。请到外面去再进来，就像

久别后归来，也许那样，我将认出您来。

斯塔夫罗金　闭嘴，现在听我说。集中您全部注意力。明
天，如果我还活着，我将把咱们的婚事公之于
众。我们将不住我家。咱们去瑞士，在山里，我
们将在那里度过余生，在那个阴沉又荒漠的地方
度过余生。喏，我就打算这么安排。

玛丽娅　是的，对的，你要寻死，你已半身入土了。但当
你想重新生活，你就会想摆脱我啦。不管使用哪
种方式。

斯塔夫罗金　不。我不会离开那个地方的，我不会离开您
的。为什么您用"你"来称呼我呢?

玛丽娅　因为现在我认清楚你啦，我晓得你不是我的王
子。王子他对我，他不会因为我而感到羞愧的，
也不会把我藏到深山里去的，而是领我见所有
人，是的，甚至那位年轻小姐，她那天想用眼光
把我吞掉。不，你长得很像我的王子，但结束
了，我识破了你的谎言。你啊，你想讨那位小姐
的喜欢，你想讨那位小姐的欢心。你好生垂涎欲
滴哟。

斯塔夫罗金　请您听我说话，好吗? 别想入非非啦!

玛丽娅　我的王子可从来没有说我疯了。他是王子，是雄
鹰。他若愿意可以在上帝面前下跪，如果不想下

跪就不跪呗。你呀，沙托夫打了你耳光。你也是个仆从。

斯塔夫罗金　　（他抓住她双臂）瞧一瞧我，认一认我吧。我是您丈夫。

玛丽娅　放开我，伪君子。我不怕你的刀。他会保护我，对付所有人。你，你希望我死，因为我妨碍你啦。

斯塔夫罗金　你说什么，疯婆子，你说了什么？

他把她往后推开。

玛丽娅跌倒，他朝出口冲去。

她跑向他，但列比亚德金突然出现，把她扣住，而她号叫。

玛丽娅　杀人凶手！被开除出教的家伙！杀人凶手！

——黑暗

第九场景

浮桥。

斯塔夫罗金快速行走，嘴里模糊不清地说些什么。

他走到桥的一半时，费德卡在身后出现。

斯塔夫罗金猛一转身，抓住费德卡的脖领，把他推倒，使他脸朝地而不费吹灰之力。然后放开他。费德卡马上爬起来站稳，手上却紧握一把宽而短的刀。

斯塔夫罗金　把刀放下。（费德卡扔掉刀。斯塔夫罗金转过身去，继续向前走。费德卡跟随其后，走了很长的路，不再在桥上了，而是一条僻静的长街上）我差一点儿就扭断你的脖子啦，实在火冒三丈。

费德卡　您好健壮哟，领主。灵魂软弱，但体魄却健壮。您的罪孽想必挺大的。

斯塔夫罗金　（笑）现在倒由你说教起来啦？不过，有人对我说你上周抢劫了一座教堂。

费德卡　说实话，我进教堂去祈祷。然后，我心想天主圣宠把我引到那儿，就应当利用一下，既然上帝乐意助我一臂之力。

斯塔夫罗金　你也就掐断了守门人的喉咙。

费德卡　也就是说我们洗劫了整个教堂。但清晨，在河边，我们自己人争吵谁该拿最大的份儿。于是，我犯了罪。

斯塔夫罗金　妙极了，你继续杀人抢劫吧。

费德卡　小维尔科文斯基也是这么说的，我倒是乐意的，机会有的是呀。喂，那天晚上，您去列比亚德金上尉家……

斯塔夫罗金　（猛地站住）怎么啦……

费德卡　唉。您不要再打我啦！我想说那个酒鬼，每天晚上都让大门敞开着，他烂醉如泥，随便什么人都能进去，杀掉所有的人，杀掉兄妹俩。

斯塔夫罗金　你进去过啦？

费德卡　是的。

斯塔夫罗金　为什么你没有杀掉所有人呢？

费德卡　我算过了。

斯塔夫罗金　什么？

费德卡　我可以偷一百五十卢布，要是把他杀了之后，也就是说把他们俩杀了之后。不过，我若是信小维尔科文斯基的话，我倒可以从您这儿得到一千五百卢布。为此……（斯塔夫罗金注视着他）我投奔您，就像投奔一位兄长投奔一位父亲。谁也不会知道一点儿音讯，甚至连小维尔科文斯基在内。但我需要知道您是否乐意我去做，要么请告诉我一声，要么先给我一点儿定金。

（斯塔夫罗金望着他，开始笑了）得了，您还不肯给我原先向您要的三个卢布吗？

斯塔夫罗金始终笑个不停，掏出一叠纸币，一张一张抛出去。

费德卡一张一张捡起来，同时嘴里"啊"个不停，随着日光渐暗，直到全黑。

——黑暗

叙述者　杀人者，或欲杀人者，或任凭别人杀害者，反正
此辈往往轻生。他是死亡的伴侣。也许正是斯塔夫罗金的
笑所包含的意思。但不能肯定费德卡也是这么理解的。

第十场景

勃里科沃森林。

潮湿天气，泥泞地面，萧瑟寒风，光秃树枝。

决斗场位垒前，两边各站着斯塔夫罗金和加加诺夫。前者
身穿轻便外套，头戴白色海狸皮帽；加加诺夫，三十三
岁，高大肥硕，金发。

站在决斗场中央的两位证人，加加诺夫一方是莫里斯·尼
古拉耶维奇，斯塔夫罗金一方则是基里洛夫。敌对双方都
已配备好武器。

基里洛夫　我现在向你们建议双方和好，这是最后一次促

和。我只是从形式上这样说，这是我作为证人的义务。

莫里斯　我完完全全赞同基里洛夫先生的说辞，所谓在决斗现场不能讲和的想法无非是个偏见，最多不过适合于法国人。况且，这种决斗没有道理，既然斯塔夫罗金先生准备再次道歉。

斯塔夫罗金　我再一次重申我的建议：表示最最真挚的道歉。

加加诺夫　不行，这是不可接受的。咱们可别重搞相同的喜剧。（对莫里斯·尼古拉耶维奇）如果您还是我的证人而不是我的敌人，那就向此人（他用枪指了指）解释，他的让步只能加重侮辱。他总是摆出那副德行，似乎我的冒犯触及不到他，竟然在我面前躲躲闪闪而不感到羞愧。我告诉您吧，他不断地羞辱我，而您哪，只干激怒我的事儿，使得我开枪射不中他。

基里洛夫　够了。我请你们双方服从我的指挥。重新站到你们各自的方位上去。（双方重新各就各位，站到位垒后面，几乎是幕后）一，二，三。开始！

两个对手互相逼近。

加加诺夫开枪，站住，发觉没有击中斯塔夫罗金，而自己成了靶位。斯塔夫罗金向他走去，朝加加诺夫头顶上方射击。然后，他从衣兜掏出一块手帕，包扎他的小手指。

基里洛夫　您受伤了？

斯塔夫罗金　子弹擦到手指皮了。

基里洛夫　如果你们双方不宣称满意，决斗应当继续进行。

加加诺夫　我宣布此人蓄意朝半空射击，这又是一种侮辱。

斯塔夫罗金　我以个人的名誉向您保证我并非有意冒犯
　　　　　您。我向天空开枪纯属个人的原因。

莫里斯　不过，我觉得决斗双方有一位预先声明朝半空开
　　　　枪，决斗不可能继续进行。

斯塔夫罗金　我根本没有声称自己每次都朝半空射击。你
　　　　　们并不知道我第二次怎么射击。

加加诺夫　我重复一遍，他是故意这么搞的。但根据我的
　　　　　权利，我一定要第二次射击。

基里洛夫　（生硬地）确实是您的权利。

莫里斯　既然如此，继续决斗吧。

场面相同。加加诺夫到达位垒，长时间举枪瞄准斯塔夫罗
金，后者垂臂等待。一动不动。

加加诺夫的手频频颤抖。

基里洛夫　您瞄准时间太久，射击吧，快射击！

加加诺夫开枪，斯塔夫罗金的帽子被打飞了。

基里洛夫捡起帽子，给了斯塔夫罗金。

两人检查皮帽。

莫里斯　轮到您射击啦。不要让您的对手等待。

斯塔夫罗金凝视加加诺夫，朝半空开了枪。

加加诺夫气疯了，跑着出去，莫里斯·尼古拉耶维奇跟随他走了。

基里洛夫　您为什么不打死他？您这样对他的伤害更加严重。

斯塔夫罗金　应该怎么办？

基里洛夫　不要挑战决斗啦，要么再挑战，干脆打死他。

斯塔夫罗金　我才不想打死他呢。但要是不挑战他，他就会在公众场合侮辱我。

基里洛夫　这不，您是会在公众场合遭到羞辱。

斯塔夫罗金　我开始什么也弄不明白。为什么大家期待我做出的事情，却不去期待其他人呢？为什么我应该承受其他任何人并不承受的事情呢？为什么我必须接受其他任何人都不能承受的重负呢？

基里洛夫　您寻求这些重负呀，斯塔夫罗金。

斯塔夫罗金　啊！（沉吟）您觉察出个中缘由啦？

基里洛夫　是啊。

斯塔夫罗金　就如此彰明显著吗？

基里洛夫　是的。

静场。斯塔夫罗金戴上帽子时正了正。

他又恢复冷淡的神态，然后注视基里洛夫。

斯塔夫罗金　（慢悠悠）对重负会感到厌倦的，基里洛夫。那个笨蛋没打中我，并不是我的过错。

——黑暗

第十一场景

瓦尔娃拉·斯塔夫罗金的宅邸。

尼古拉·斯塔夫罗金居中坐在沙发上睡觉。身子笔挺，一动也不动，一根手指包扎着。别人几乎察觉不到他的呼吸。他脸色苍白而神情严峻，恰似石雕，双眉微微皱着。达莎上场，跑到他跟前站住注视他，朝他身上画了个十字。他睁开眼睛，仍旧一动也不动，直盯着面前同一个点。

达莎　您受伤了吗?

斯塔夫罗金　（注视着她）没有。

达莎　您流血了吗?

斯塔夫罗金　没有，我没有打死任何人，而任何人也没打死我，就像您见到的。决斗进行得很愚蠢。我向空中开枪，加加诺夫没打中我。我没运气啊。但我很累，想单独待着。

达莎　好吧，既然您总避着我，那我将停止见您。我晓得，最终我将会跟您相聚的。

斯塔夫罗金　最终？

达莎　是的，当一切尘埃落定，您一召唤我便到场。

他注视达莎，好像完全清醒了。

斯塔夫罗金　（说话很自然）达莎，我怯懦之极卑劣透顶，以至认为确确实实陷入末路，非呼唤您不可啦。至于您呢，尽管您有十二分的明智，确实可以召之即来。不过，还是给我明讲，不管结局如何，您都会来吗？（达莎不吭声）即使我在这期间干了最卑劣的事儿。

达莎　（注视他）您要叫人弄死您的妻子吗？

斯塔夫罗金　不，不，既不害她也不害任何人。我不愿意的。也许我会弄死另一个姑娘吧……或许我会情不自禁的。噢！抛弃我吧，达莎，为什么您要跟我一起毁灭呢？

他站起身。

达莎　我晓得到头来只有我留在您身边，我等这个时刻，我为此祈祷。

斯塔夫罗金　您祈祷？

达莎　对。自从某一天起，我就没有停止过祈祷。

斯塔夫罗金　假如我不呼唤你，假如我逃之夭夭……

达莎　这不可能。您会呼唤我的。

斯塔夫罗金　您对我说的话里有许多蔑视的成分。

达莎　不仅仅是蔑视。

斯塔夫罗金　（笑）反正有蔑视。这毫无关系。我不愿意您跟我一起毁掉。

达莎　您将不会失去我。假如我不来到您身边，我将去当修女，护理病人。

斯塔夫罗金　女护士！原来如此。说到底，您就像护士那般对我感兴趣。说白啦，这也许是我最需要的。

达莎　对，您有病在身哪。

斯塔夫罗金猛然抓起一把椅子，看上去毫不费力地掷到客厅另一端。

达莎尖叫一声。

斯塔夫罗金转过身去，然后便坐下了。

继而，他说话十分自然，好像什么事情也没发生过。

斯塔夫罗金　您可要知道，达莎，现在我经常产生幻觉，不同种类的小魔鬼。尤其有一个……

达莎　您已经跟我讲了。您是病了。

斯塔夫罗金　昨天夜里，他在我身旁坐下，一直没有离开。他既愚蠢又放肆。平庸之辈。是的，平庸之辈嘛。我很恼火，我自身的魔鬼居然是平庸之辈。

达莎　您说得像煞有介事，噢！但愿上帝使您免遭妖魔。

斯塔夫罗金　不，不，我不相信魔鬼。然而，昨天夜里，一个个魔鬼从各处沼泽地冒出来，一齐向我扑过来。这不，一个小魔鬼在桥上向我建议：由他去割断列比亚德金及其妹妹玛丽娅·第莫菲耶芙娜的喉咙，使我脱离那桩婚事。他要我预付三卢布。但他计算这次行动的费用高达一千五百卢布。那是个会算计的魔鬼。

达莎　您肯定产生幻觉了吧？

斯塔夫罗金　不，并非幻觉。那是费德卡，越狱苦役犯。

达莎　您怎么回答的？

斯塔夫罗金　我？什么也没回答。为了摆脱他，我给了他三个卢布，甚至更多一些。（达莎发出一声惊叹）是的，他大概以为我同意啦。不过，请您把同情心放下吧。他要行动，必须由我给他下命令。没准儿到头来，我会下命令的！

达莎　（双掌合拢）我的上帝，为什么他这么折磨我呀？

斯塔夫罗金　请原谅我，只是开个玩笑。况且，自从昨夜我极度想笑，想笑的强烈欲望不断控制着我，很长久很长久……（他不带喜悦地笑，好像在强迫自己笑。达莎向他伸手）我听见马车声，这大概是我母亲吧。

达莎　但愿上帝保佑您不受您的妖魔折磨。呼唤我吧，我
　　　必定来的。

斯塔夫罗金　听着达莎，要是我去见费德卡，给他下命
　　　令，您会来吗？甚至我犯罪之后，您会来吗？

达莎　（饱含泪水）哦！尼古拉，尼古拉，我求您啦，别
　　　一个人待着，别一个人这么待着……去看望第科
　　　尼，去修道院吧，他会帮助您的。

斯塔夫罗金　又是他！

达莎　是的，第科尼，而我呢，紧接着，我自己也去，随
　　　后我会来的，我会来的……

达莎哭着逃走了。

斯塔夫罗金　她会来的，当然啰，她会来的，而且兴致勃
　　　勃而来。（厌恶地）噢！

莫里斯·尼古拉耶维奇上场。阿列克西·伊戈罗维奇下场。

莫里斯·尼古拉耶维奇见到斯塔夫罗金的微笑便停下脚
步，似乎准备转身离开。但斯塔夫罗金改变了脸色，摆出
一副真挚的神情，向客人伸出手，但莫里斯·尼古拉耶维
奇没有接。斯塔夫罗金重新微笑，露出彬彬有礼的神色。[1]

斯塔夫罗金　请坐。

1　莫里斯·尼古拉耶维奇来探访尼古拉·斯塔夫罗金的场次从未演出过。

莫里斯·尼古拉耶维奇在一张椅子上坐下。斯塔夫罗金则侧身坐在沙发上。

斯塔夫罗金默然打量着来宾，而后者却似乎依然犹豫不决。最后，莫里斯·尼古拉耶维奇突然开口讲话。

莫里斯　若有可能，就请您娶莉莎·尼古拉耶夫娜吧。

斯塔夫罗金凝视对方，并不改变表情。莫里斯定睛盯视他。

斯塔夫罗金　（沉默片刻）假如我没搞错，莉莎·尼古拉耶夫娜是您的未婚妻吧？

莫里斯　是的，我们是正式订婚了的。

斯塔夫罗金　你们之间吵架了吗？

莫里斯　没有。她爱恋我尊重我，按她自己的话说。而她的话对我而言是最为珍贵的。

斯塔夫罗金　我明白。

莫里斯　不过，我也明白，若她戴着面纱在教堂神坛前时，倘若您召唤她，那她会跟您走而抛下我和其他人。

斯塔夫罗金　您不会搞错了吧？

莫里斯　不会，她说恨您，她是真诚的。但内心深处，她疯狂地爱您；而我，她说爱我，但有时她会发疯似的恨我。

斯塔夫罗金　然而我感到惊讶的是您支使着莉莎呀，她还允许您支使她吗？

莫里斯　您竟讲下三烂的话，竟讲报仇出气的话，竟讲得意扬扬的话。但我不怕更加让我蒙受耻辱的话。不，我没有任何权利，没有任何授权。莉莎对我的举动一无所知。我这是瞒着她来对您说，唯有您能使她幸福，而您应当在神坛前替代我。况且，采取这个步骤后，我不再能娶她了，也不再能容忍我自己了。

斯塔夫罗金　假如我娶她为妻，您将在我们婚后自杀吗？

莫里斯　不。很久以后吧，永不自杀，也许……

斯塔夫罗金　您说此话是为了使我放心吧。

莫里斯　让您放心！您还在乎多流一点儿血或少流一点儿血！

斯塔夫罗金　（静默片刻）请相信您的建议让我很受感动。但究竟什么促使您要我相信我对莉莎的感情是我想娶她呢？

莫里斯　（猛地站起身）怎么？您不爱她吗？难道您没有千方百计向她求婚吗？

斯塔夫罗金　一般来说，我不会对任何人讲我对一个女子的感情，除非她本人。请原谅，这是我天生的怪癖，尽管如此，我能对您说出其余的真相：我已经结婚了，因此我不可能再娶另一个女人，或如您说的那样千方百计向她求婚。

莫里斯·尼古拉耶维奇凝视着他，目瞪口呆，脸色苍白，然后猛然一拳捶在桌上。

莫里斯　假如您在作出这样的自白之后还不让莉莎安宁，

我非用棍棒打死您不可，就像打死一条狗。

他跳将起来，径直出门，却撞着刚要进来的彼得·维尔科
文斯基。

彼得　嘿！他疯了。您拿他怎么着啦？

斯塔夫罗金　（笑）没怎么。反正与您无关。

彼得　我确信他是来向您奉献他的未婚妻的吧，是我间接
促使他这么干的。想想吧，假如他拒绝把未婚妻让
给咱们，那么咱们自己动手从他那里夺过来，是不
是呀？这可是一块"美味佳肴"啊。

斯塔夫罗金　我注意到了，您一直在有意帮我把她弄到
手吧。

彼得　一旦您作出决定，就有人帮您清除障碍，根本不用
您破费。

斯塔夫罗金　要的。一千五百卢布……谈正事儿，您来这
里干什么？

彼得　怎么？您已经忘了吗？我们的会议？我来是提醒您
一小时后召开会议。

斯塔夫罗金　嗯！确实！极好的主意。您来得正是时
候，不能更好啦。我很想寻开心呢。我该担任
什么角色。

彼得　您是中央委员会委员之一，您对一切秘密组织全都

知情。

斯塔夫罗金　我该做什么呢？

彼得　摆出一副高深莫测的样子，足矣！

斯塔夫罗金　可是没有中央委员会呢？

彼得　有您和我呀。

斯塔夫罗金　也就是说您喽。也没有组织？

彼得　将会有一个，假如我能把那些笨蛋组织起来，把他
　　　们铸成一团。

斯塔夫罗金　好极了！你们打算怎么干呢？

彼得　嗯！先给头衔给职务呗：任命秘书任命司库任命主
　　　席，这方面您都熟悉。再加上多愁善感。因此，必
　　　须让他们畅所欲言，倾筐倒箧，尤其那些傻帽儿。
　　　不管怎样，他们是因害怕舆论才聚集在一起的。舆
　　　论，是一种力量，一种真正的黏合剂。他们最害怕
　　　被人看作反动派。因此，他们不得不充当革命者。
　　　因此，他们被强迫成为革命者；一旦产生个人的想
　　　法，他们自己就会感到惭愧。到头来，根据我的要
　　　求，该让他们怎样想，他们就将怎么想。

斯塔夫罗金　极好的规划！不过，我获悉一个好得多得多
　　　的办法，能把这帮人捆在一起。驱使四个成员杀
　　　死第五名，借口他是告密者。如此一来，他们便
　　　被血腥事件捆绑在一起了。哎呀，我真蠢：这是

您的想法，是不是呀，因为您一直想杀死沙托

夫，是吗？

彼得　我！嗳，怎么……您不想吗？

斯塔夫罗金　不，我不这么想。但您，您却很想吧，如果您想听我的意见，并不至于太蠢吧。为了把男人们捆在一起，就要拥有更强有力的东西，反正比多愁善感或比惧怕舆论更强有力，那就是名誉扫地。引诱我们的同胞裹挟我们的同胞，最好的办法就是公开张扬干不光彩事情的权利。

彼得　对啦！对啦！名誉扫地万岁，大伙儿将投奔咱们。您精通一切！您将是首领，我将是您的秘书。我们将登上一条大帆船，桨是槭木做的，帆是丝绸做的；在舳楼上，我们将安置莉莎·尼古拉耶夫娜。

斯塔夫罗金　对于这种预言，只有两条异议。其一，我将不是你们的头目；其二，……

彼得　您会当的，我来向您解释……

斯塔夫罗金　其二是我不会帮助你们杀沙托夫，以便由他把你们那些笨蛋捆绑起来。

斯塔夫罗金放声大笑。

彼得　（气得涨红了脸）我……必须去通知基里洛夫。

彼得匆匆下场。

他一出去，斯塔夫罗金便停止大笑，走过去坐下，在沙发

上默不作声，满面杀气。

——黑暗

第十二场景

街道。

彼得·维尔科文斯基正走向三王来朝[1]街。

叙述者 （突然出现在彼得·维尔科文斯基的身后）在彼得·维尔科文斯基活动的同时，城里也正在发生某些事情。有些地方发生莫名其妙的火灾，盗窃案件成倍增加。一名少尉平时一直习惯在自己的房间点上蜡烛阅读唯物主义书籍，却抓伤并啃咬他的长官。最上层社会的一名贵夫人开始定时打自己的孩子们，开始只要一有机会就侮辱穷人。还有另一位贵夫人末了坚决要跟自己的丈夫实行自由做爱。"这是不可能的。"有人对她说。她却嚷道："怎

---

1 《圣经》典故，基督诞生后，有三位从东方来的客人带着礼物去朝拜。三王来朝节即主显节，为每年1月6日。

么不可能，我们是自由的嘛。"确实，我们是自由的，但自由做什么呢？

[补遗第十二场景中被删减的文字：
基里洛夫和费德卡在菲利波夫公寓的公用客厅里，窗帘是打开的。沙托夫的房间半明半暗，他平躺在自己的床上。基里洛夫正在为费德卡朗读《圣经·新约》的《启示录》。有人敲房门。基里洛夫合上书，费德卡躲到屋外去了。基里洛夫去开房门。

彼得　我开会前先过来一下。我必须跟您谈谈。

基里洛夫　什么会议？

彼得　您忘记了吧。我希望沙托夫参加，他是想得到的。

基里洛夫　噢！是的，你们的组织。

彼得　我们的组织，喔，我们的嘛。维尔金斯基的生日，借此咱们在一起聚一聚嘛。

基里洛夫　这使我感到无聊。我要考虑考虑。

彼得　您不必发言，也不必理会，您只需一支铅笔和几张纸就得啦。

基里洛夫　干什么用呢？

彼得　什么也不用干，装着记录。

基里洛夫　我若不知道为什么是不会干的。

彼得　嗨，看您多么叫人扫兴，好吧，我们所等待的莫斯科总部代表来不了啦，想让您充当他的角色。

基里洛夫　瞎吹牛，是吧，你们在莫斯科根本没有代表。

彼得　您才活见鬼呢！没有，根本没有。这跟您能有什么关系呢？您总说什么一切对您都是无所谓的嘛。

基里洛夫　好吧，就对他们说我是莫斯科的代表。我将不发言。但我既不要纸也不要笔。

彼得　为什么呢？

基里洛夫　我不愿意呗，这不正派。

彼得　（不耐烦）噢！（他注视自己周围）费德卡一直藏在这儿吗？

基里洛夫　是的。

彼得　很好，我很快就会给您排除障碍的，根本不用担心。

基里洛夫　我根本不担心。我给他指定一个窝，足够放一块门板。他可以进出不受别人注意。况且，他说自己不缺寄宿的地方。

彼得　他说谎。有人在追查他。不过，您跟他谈得上话吗？

基里洛夫　我给他读《启示录》呢。

彼得　喔，好哇！您会使他变成基督徒的呀。

基里洛夫　他已经是基督徒了。他有信仰啦。但他将会暗
　　　　　杀人。您想让他暗杀谁呢？

费德卡出现。

彼得　快躲起来。

费德卡　您是伪君子，但我服从您，我听从您。

——补遗结束〕

基里洛夫、费德卡和彼得·维尔科文斯基在菲利波夫公寓
的公用客厅里。

沙托夫的房间半明半暗。

彼得　（对费德卡说）基里洛夫先生将把你藏起来。

费德卡　您是个下三烂的小伪君子，但我听您吩咐，我听
　　　　您吩咐。只不过您得记住您许诺过我的事情。

彼得　快藏起来吧！

费德卡　我服从，但请记住。

费德卡消失。

基里洛夫　（似乎观察到了）他讨厌您呢。

彼得　我不需要他喜欢我，但我需要他服从。请坐下，
　　　　我要跟您谈话。我是来向您提醒把我们绑在一起

的协议。

基里洛夫　我不受任何捆绑，也不被绑在任何东西上。

彼得　（惊跳）什么呀，您改变主意啦？

基里洛夫　我没有改变主张，但我按自己的意愿行事。我是自由的。

彼得　同意，同意。我承认这是您的自由意愿，只要这种意愿没有改变就行了。您听一句话就来劲儿。近期这段时间您变得火气大得很哪。

基里洛夫　我并非脾气大，而是我不喜欢您。不过，我将信守诺言。

彼得　这不，咱们之间谈话一定要说清楚讲明白。您一直要自杀吗？

基里洛夫　一直如此。

彼得　好极了。请承认谁也没强迫您吧……

基里洛夫　您的表达很愚蠢。

彼得　同意，同意。我表达得非常愚蠢。毫无疑问，谁也不能强迫您嘛。我继续讲。您参加了我们的组织，而您却向组织的一个成员公开了您的计划，是吗？

基里洛夫　我没有公开，我只是讲了自己将怎么做。

彼得　好，好，您确实没有什么要忏悔的。您这么说，完美无缺。

基里洛夫　不，这算不上什么完美无缺。您说话等于什么也没说。我决定自杀，因为这是我的理念。而您自以为理解这个自杀可以为组织服务。假如您在这里下了黑手，又假如警方来寻找凶手，我便开枪打烂自己的脑袋，并留下一封信，声称自己是凶手。您因此要求我等一等再杀。我向您回答说，我可以等，因为对我而言无所谓啦。

彼得　好。但您承诺跟我一起拟稿，即这封信，并承诺您受我的支配。当然，只有这些事儿，因为其余的一切，您自个儿做主了。

基里洛夫　我没有承诺，但我同意了，因为于我无关痛痒。

彼得　随您的便吧。您一直保持原来的心境吗？

基里洛夫　是啊。不会多久吧？

彼得　过几天吧。

基里洛夫　（站起身，若有所思）我必须自称犯什么罪吗？

彼得　您到时候便知道啦。

基里洛夫　好吧。但请别忘记：我决不会帮您对付尼古拉·斯塔夫罗金的。

彼得　同意，同意。

沙托夫从里屋上场。

基里洛夫去一个角落坐下。

彼得　来了就是好事。

沙托夫　我不需要您的赞赏。

彼得　您错了。在您所处的情况下，看来您需要我的帮助，我已经花费许多口舌为您说话啦。

沙托夫　我没有必要向任何人汇报。我是自由的。

彼得　不完全吧。别人向您泄露了许多事情。您无权不打招呼就中断了吧。

沙托夫　我寄过一封信，说得一清二楚。

彼得　我们看了信，可不清不楚哇。他们说您可能现在已把他们告发了。我却为您辩护呢。

沙托夫　就有这么一些律师，他们的职业就是促使别人上吊。

彼得　不管怎样，现如今好在他们同意了：您可以恢复自由，条件是您得交还印刷机和所有的纸张。

沙托夫　我将把印刷机还给你们。

彼得　在哪儿呢？

沙托夫　在森林里，在勃里科沃林中空地附近。我全埋在地下啦。

彼得　（带着一种笑意）埋在地下？很好嘛！非常好哇，真的。

有人敲门。谋反分子们上场：利甫廷、维尔金斯基、齐加列夫、利雅姆金以及一名还俗的修士，他们边讨论边落座。

沙托夫和基里洛夫退到一角。

维尔金斯基 　（在门口）嘿！斯塔夫罗金在场哇！[1]

利甫廷　不太早啦。

修士　先生们，我没有习惯浪费我的时间。既然你们好意邀请我参加这次会议，我可否斗胆提个问题呢？

利甫廷　不妨，我亲爱的，不妨提吧。这里，您享有普遍的好感，自从您往女贩兜售的《福音书》里塞进黄色照片。这场闹剧使您在这里很受欢迎哪。

修士　这可不是闹剧。我这么做是出于信念，认为必须枪毙上帝。

利甫廷　修道院就这样教的吗？

修士　不，在修道院，大家因为上帝而受苦哇。因此，大伙儿恨上帝。不管怎样，喏，我的问题是：我们是否在开会现场呢？

齐加列夫　我觉察到我们继续在说等于没说的话。负责的人们能否对我说说为什么我们聚集在这儿呢？

所有人的目光都投向彼得·维尔科文斯基，使他换了个姿势，好像他要讲话了。

利甫廷　（仓促地）利雅姆金，请您坐到钢琴位置上去。

利雅姆金　怎么！又来了！每次老调重弹！

利甫廷　用这个办法，谁也不能听到咱们说话啦。弹吧，

1　前文并未交代斯塔夫罗金何时上场。原文如此。

利雅姆金，为了事业！

维尔金斯基　是呀，弹吧，利雅姆金。

利雅姆金坐到钢琴处，随意弹一首华尔兹舞曲。

众人注视着彼得·维尔科文斯基，但见他根本不像要讲话，而是恢复打盹儿的姿态。

利甫廷　彼得·维尔科文斯基，您没有任何声明要发表吗？

彼得　（打哈欠）绝对没有任何声明，倒是想要一杯法国白兰地。

利甫廷　您呢，斯塔夫罗金？

斯塔夫罗金　谢谢，不要，我不再喝酒啦。

利甫廷　我问的与法国白兰地无关，而是问您想不想讲话。

斯塔夫罗金　讲话？讲什么？没话。

维尔金斯基送给彼得·维尔科文斯基一瓶法国白兰地，整个晚上，彼得喝了很多。

但见齐加列夫站了起来，郁闷而阴沉，把一厚本笔记放到桌上，字迹小小的，密密麻麻，众人瞧着颇为敬畏。

齐加列夫　我要求发言。

维尔金斯基　你有权发言呀，请讲吧。

利雅姆金更加用劲弹琴。

修士　对不起，利雅姆金先生，可真的不再听得见讲话啦。

利雅姆金停止弹琴。

齐加列夫　先生们，我恳请你们注意，我给大家几个初步的解释，权作开场白吧。

彼得　利雅姆金，请把钢琴上的剪刀递给我。

利雅姆金　剪刀？干什么呢？

彼得　喔，我忘了剪指甲了，三天前就该剪的。继续讲，
　　　　齐加列夫，往下讲吧，反正我听不进去。

齐加列夫　我把精力全部投入对未来社会的研究，我得到
　　　　　的结论是：自开天辟地以来，所有社会体系的
　　　　　创始者一味只说蠢话。因此，我必须建立自己
　　　　　的组织体系。喏，就在这里面！（他拍打笔记
　　　　　本）说真的，我的体系尚未全部完成。就这个
　　　　　本子而言，需要讨论讨论，这不，我也该向你
　　　　　们讲明我遇到了矛盾，我从无限的自由出发，
　　　　　确实碰上了无限的专制。

维尔金斯基　这将很难使人民相信。

齐加列夫　是的。不过，我坚持搞下去，因为除了我的解
　　　　　决办法，没有，也不可能有其他解决社会问题
　　　　　的办法。我的解决办法也许会令人失望，但没
　　　　　有其他办法哟。

修士　如果我理解得对，会议的程序涉及齐加列夫先生的
　　　　巨大失望。

齐加列夫　您的说辞比您的想象更正确。是的，我陷入绝
　　　　　望。但是除了我的解决方法，别无其他。如果

你们不采纳，你们将没有任何严肃的办法。总有一天，你们又会来找我的。

修士　我建议投票，以便弄清楚齐加列夫失望的程度所显现的兴趣，是否有必要给我们奉献一场聚会听他阅读他的书。

维尔金斯基　投票，投票！

利雅姆金　对啊，对啊。

利甫廷　先生们！先生们！咱们务必不急不躁。齐加列夫太谦虚。我读过他的书。咱们可以讨论他的某些结论。但他是从人性出发的，正如我们从科学认识的人性，而且他确实解决了社会问题。

修士　真的吗？

利甫廷　当然喽。他建议把人类分解成两个不等的部分：十分之一左右得到绝对自由，对十分之九的人拥有无限的权力。那十分之九的人应当失去他们的人格，几乎成为一群羊，保持一群无角母羊的顺从；作为回报，他们达到这些有趣生物的单纯无知状态。总之，那将是伊甸园，只是将必须劳动。

齐加列夫　是的，就这样我得到的结果却是平等，即所有人都是奴隶，在奴役状态下人人平等。换言之，他们不可能是平等的。故而，必须拉平。例如降低教育水平降低才干水平。由于有才之辈总想提升，很不幸，必须割掉西塞罗的舌头，挖掉哥白尼的眼睛，砸破莎士比亚的脑袋。喏，这便是在下的体系。

利甫廷　是的，齐加列夫先生发现，本领高超是不平等之幼苗，故而也是专制主义的苗子。这么说吧，一旦注意到某人具备高超的聪颖天禀，立马打压他抑或把他关闭起来。甚而至于，很美的男女，在这方面也值得怀疑，必须将他们清除掉。

齐加列夫　同样，也应该清除大大的笨蛋，因为他们可能令其他人因自身卓越而沾沾自喜，这是专制主义的苗子。反之，采用上述办法，平等将是完整的了。

修士　不过，您陷入了矛盾之中：一种如此的平等，便是专制主义了。

齐加列夫　确确实实，正是使我失望之处。如果有人说这样一种专制主义便是平等，那矛盾便消失了。

彼得　（打呵欠）蠢话连篇，不绝于耳！

利甫廷　何以见得？真这么愚蠢吗？相反，我觉得此言十分现实主义。

彼得　我不是说齐加列夫，当然啰，也不是说他天才的理念，而是说所有这些讨论。

利甫廷　咱们边讨论就能边达到一种结果。这总比摆出独裁者的架势而保持沉默要好吧。

大家赞同这个直截了当的回答。

彼得　　写作，建立体系，都是些废话。一种美学消遣而
　　　　已。你们在各自的城市里待得无聊，仅此而已。

利甫廷　我们只不过是外省人而已，确实的呀，很是值得
　　　　怜悯的哟。但眼下，你们也没给我们带来任何惊
　　　　天动地的事儿啦。你们发给我们的传单上说，除
　　　　非砍掉一亿人口的脑袋，否则甭想改变全人类
　　　　的社会。我觉得这不比齐加列夫的想法更现实
　　　　可行啊。

彼得　　这就是说，砍掉一亿人口的脑袋，势必加快前进的
　　　　步伐。

修士　　咱们自个儿的脑袋也会有被砍的危险喽。

彼得　　这倒是一种弊病。若想树立一种新宗教，总要冒风
　　　　险的嘛。不过，先生，您若想退却，我非常理解。
　　　　我认为您有权退避。

修士　　我没有这么说。我准备一劳永逸跟一个组织捆绑在
　　　　一起。假如这个组织显示出既严肃又有效。

彼得　　怎么，你们会接受向我们组织的团体宣誓吗？

修士　　也就是说……为什么不……假如……

彼得　　听我说吧，先生们。我非常理解你们等待我解释，
　　　　等待我透露我们组织的机构。但是我不能透露，因

基里洛夫慢慢地走进自己的房间。

彼得·维尔科文斯基又喝了一杯白兰地。

利甫廷　　好哇！考验还是派得上用场的呢。现在，我们知
　　　　　情啦。

彼得·维尔科文斯基再喝了一杯白兰地。

斯塔夫罗金站起身。

利甫廷　　斯塔夫罗金也还没有回答呀。

维尔金斯基　斯塔夫罗金，您能否回答这个问题呢？

斯塔夫罗金　我看没有必要了吧。

维尔金斯基　可是，我们全部都受到牵连，而您，却没有！

斯塔夫罗金　你们确实都受到牵连，而我没有。

举座哗然。

修士　　　这不，彼得·维尔科文斯基也没有回答问题呀。

斯塔夫罗金　确实。

斯塔夫罗金下场。

彼得·维尔科文斯基急忙跟随其后，继而返回。

彼得　　　你们大家请听我说，斯塔夫罗金是代表。你们大家
　　　　　都应该听他的，至于我，是他的助手，直到死，你
　　　　　们听清楚，直到死。对啦，请你们记住，沙托夫刚
　　　　　自我暴露是叛徒，而叛徒一个个都要受到惩罚的。
　　　　　宣誓吧！得了，宣誓吧！

修士　　　宣誓什么呢？

彼得　你们是男子汉吧，是或不是？怎么，你们以名誉宣
　　　誓都要退缩吗？

维尔金斯基　（有点儿迷茫无助）到底宣誓什么呢？

彼得　宣誓惩罚叛徒。快点儿，宣誓，快，快，我得去跟
　　　斯塔夫罗金重聚啦。宣誓，快，宣誓，快……

他们一个个很慢很慢地举起手。

彼得·维尔科文斯基急急忙忙外出。

——黑暗

第十三场景

先在街上，后在瓦尔娃拉·斯塔夫罗金府邸。

尼古拉·斯塔夫罗金和彼得·维尔科文斯基。

彼得　（跟在斯塔夫罗金身后跑着）您为什么离开呢？

斯塔夫罗金　我受够啦。您跟沙托夫演的戏让我恶心透
　　　了，我不让您这么搞下去啦。

彼得　他自己暴露的呀。

斯塔夫罗金　（停住步伐）您是个骗子。我已经对您说过为

什么您需要沙托夫流血。您刚才利用了他们，非常
机灵，把你们一伙人拢到了一起，终于把他撵走。
您晓得他会拒绝说出"我将不告发"，因为他会认
为用这句话回答您是一种胆小鬼的行为。

彼得　同意，同意。但您不该拔脚就走啊，我需要您哪。

斯塔夫罗金　不出我所料，既然您一定要逼我让人掐死我
妻子。但为什么要这么干事情呢？这样做，我能
帮上什么忙呢？

彼得　什么忙，能帮一切……然后，您还真的说对啦。跟
我在一起，我就帮您除掉您的妻子。（彼得·维尔
科文斯基拉住斯塔夫罗金的手臂。后者挣开，即刻
揪住他的头发，将其摔倒在地上）呵，您真健壮！
斯塔夫罗金，请做好我要求您的事情，明天我就将
莉莎送过来，好吗？请回答！请听着，我也将沙托
夫抛弃给您，如果您向我提出要求……

斯塔夫罗金　这么说您真的下决心杀了他？

彼得　（爬起来）他能对您有什么用处？他不是对您很凶
恶的吗？

斯塔夫罗金　沙托夫是好人，而您哪，您是坏蛋。

彼得　我是坏人，但我呀，我没打过您耳光。

斯塔夫罗金　假如您举起一只手，我立刻就把您杀掉。

彼得　这，我晓得的，但您不会因为蔑视我而杀掉我吧。

斯塔夫罗金　您倒是具有洞察力。

斯塔夫罗金扬长而去。

彼得　请听我说，请听我说……

彼得打了个手势，费德卡便出现了。他们俩跟踪斯塔夫罗金。

呈现街景的帷幕收起。

瓦尔娃拉·斯塔夫罗金的客厅。

达莎已上场了。她听见彼得·维尔科文斯基的声音便从右侧出去。然后上场的是斯塔夫罗金和彼得·维尔科文斯基。

彼得　请听我说……

斯塔夫罗金　您很固执……一劳永逸地告诉我您期待我做
　　　　　　什么，然后请走人。

彼得　好吧！好吧！事情是这样的。（他瞧着门口）等一等。

他朝门走去，轻轻打开。

斯塔夫罗金　我母亲从来不扒门缝儿。

彼得　我确信无疑。你们这帮贵族不屑于干这种破事儿。
　　　而我呢，相反，我属于隔墙有耳者微谋外泄之辈
　　　也。况且，我确实听见了声音。但不成问题。您想
　　　知道我等待您干什么吗？（斯塔夫罗金沉默）那
　　　好，喏……同舟共济，咱们将掀翻俄罗斯！

斯塔夫罗金　俄罗斯沉重啊。

彼得　再有十个像咱们这样的团体，咱们将强大了。

的，因为是一致的精神。届时，将有处于顶峰的教皇，我们将处于其周围，在我们下面才是顺从齐加列夫体制的群众。但这个体制，是对未来的一种设想。暂且，应当分头工作。先干起来再说。在西方，将有教堂，而在我国……在我国……将有您哪。

斯塔夫罗金　您喝醉啦，显而易见。得了，别再打扰我啦。

彼得　斯塔夫罗金，您是美男子啊。您总归晓得您英俊健壮聪慧吧？不，您不晓得啊，您也是老实人。而我晓得的，所以您是我的偶像。我是虚无主义者，而虚无主义者需要偶像。您是我们的必需之才。您不冒犯任何人，然而大家都恨您。您平等对待人们，但人家就是怕您。您哪，您什么也不怕，您能够献出自己的性命，恰似别人的性命。这是非常好的。是的，您是我需要的人，除了您，我根本看不上别人。您是领袖，您是太阳。（他突然抓起斯塔夫罗金的手亲吻，后者把他推开）不要对我嗤之以鼻。齐加列夫发现了体制，而我，只有我，找得到显示该体制的手段。我需要您。没有您，我等于零。跟您在一块儿，我将摧毁旧俄罗斯而建设新俄罗斯。

斯塔夫罗金　什么俄罗斯？奸细的俄罗斯？

彼得　咱们走着瞧吧，也许当我们取得权力后能使人们变得比较合乎道德，如果您实在坚持的话。但眼下，确实我们需要一代或两代堕落者，我们需要腐败，闻所未闻的腐败，厚颜无耻的腐败，把人变成邪恶的无耻者、卑怯的无耻者、自私的无耻者。这就是我们必须之所在。除此之外，咱们将他们放点儿鲜血，以便让他们品出点味儿来吧。

斯塔夫罗金　我自始至终认为您不是个社会主义者，您是个无恶不作的坏蛋。

彼得　同意，同意。一个无恶不作的坏蛋。但我必须向您解释我的计划。我们开始搞动乱：放火暗杀，不断煽动闹事，把一切视为过眼烟云，看破红尘。您明白了，是不是啊！啊，对喽，这将多么美好！一场浓雾将降临俄罗斯。大地将为其先前的神灵们哭泣。届时……

彼得住口。

斯塔夫罗金　届时……

彼得　我们将捧出一位新沙皇。

斯塔夫罗金凝视他，慢慢离他越来越远。

斯塔夫罗金　我明白了。一个招摇撞骗的伪君子！

彼得　是的。我们将放出风声说他藏起来了。他存在，但谁也见不着他。想象一下这个主意的力量吧！"他藏起来了。"也许咱们从十万人中抽出一人看见他，就会众人大哗。"有人见他了。"您接受吗？

斯塔夫罗金　接受什么？

彼得　接受当新沙皇呀。

斯塔夫罗金　嗨！这就是您的计划喽？

彼得　是的。好好听着。跟您在一起，便能造出一部传
　　　奇。您只要一出现就是胜利。先前"他躲躲闪闪，
　　　不肯抛头露面"，而我们以您的名义发出所罗门式
　　　的两三条裁决。只要满足一万条请求中的一条，大
　　　家就都来投奔您啦。每个村庄的每个农民都将知道
　　　哪儿设有木箱，可以把各自的要求投进去。于是，
　　　消息传遍整个大地："一部最新的法律一部公正的
　　　法律已经颁布。"大海将浪涛翻滚，旧木船将翻倒
　　　沉没。于是，我们将考虑建造一艘铁船。喂，怎么
　　　样！行吗？（斯塔夫罗金不屑一听）啊哈！斯塔夫
　　　罗金，别把我孤零零扔下。没有您，我就好比哥伦
　　　布失去美洲。您能想象失去美洲的哥伦布吗？我能
　　　帮助您，我，从我的角度。我将把您的事情安排得
　　　好好的。从明天起，我就把莉莎给您送来。您很
　　　想得到莉莎，您想得要命，我全知道。只要您一句
　　　话，一切由我给您摆平。

斯塔夫罗金　（转身向着窗户）然后，您就掌握住我
　　　啦……是不是？

彼得　那又怎么呢？您，您将掌握莉莎，她年轻，纯

洁……

斯塔夫罗金　（表情奇特，仿佛受到诱惑）她纯洁……

　　　　　（彼得·维尔科维斯基吹了一声口哨，十分尖

　　　　　厉）您干什么？

费德卡上场。

彼得　我们的朋友可以帮助咱们。说行吧，斯塔夫罗金，

　　　说行吧，说行吧，说了，莉莎就属于您啦，那么世

　　　界也就属于咱们啦。

斯塔夫罗金转身向着费德卡，后者平静地朝他微笑。

达莎在幕后大叫。她一出现就扑向斯塔夫罗金。

达莎　尼古拉，噢，我求您啦，别跟这些人待在一起。快

　　　去见第科尼，对，第科尼……我给您已经说过了。

　　　快去见第科尼。

彼得　第科尼？是谁？

费德卡　一个圣人。别说他的坏话，小告密。

彼得　为什么他跟你同时杀人？他是血腥教堂的人吗？

费德卡　不，我杀人。但他，他宽恕罪行。

————黑暗

叙述者　本人并不认识第科尼。我只不过获悉在我们这座城市流行的传言而已。卑贱者赋予他某种大圣者的声誉。但当局却责备他的图书室珍藏的圣贤书夹杂一些剧本，也许还有更糟糕的书籍。

　　乍看起来，斯塔夫罗金压根儿没机会去拜访他。

第十四场景

〔补遗第十四场景中被删减的文字：

"玩世不恭者"探访第科尼。

第科尼主教与斯塔夫罗金之间的第一场对白。

城门出口，圣母马利亚女修院第科尼房间。

莉莎、莫里斯·尼古拉耶维奇、利雅姆金、利甫廷。

利甫廷　你们为什么来这里？

利雅姆金　是这么回事儿！我们去见客栈一个自杀的年轻人，我们拜访了一些客栈老板，会见了一些醉鬼，询问了一些疯子。我们蛮可以来看看一位圣人哪，是不是，莉莎·尼古拉耶夫娜？

莉莎　（哈哈大笑）是的，一位圣人，很有趣吧。莫里斯，您喜欢圣人吗？

第科尼从场景深处上场。他默默注视他们。这场寂静延长了。

从外面回来的斯塔夫罗金上场。莉莎瞥见了他。

莉莎　（突然地）莫里斯，在这个圣人面前跪下。（莫
　　　里斯·尼古拉耶维奇犹豫着注视着）我请您跪
　　　下，这是绝对必须的，我要看到您跪下。否则您
　　　就不再来得了我家啦。我要求您这么做，听见了
　　　没有，我要求。

莫里斯·尼古拉耶维奇，严肃，向第科尼走去，下跪。第
科尼注视莉莎，而莉莎注视斯塔夫罗金，不动声色。莉莎
急促奔向莫里斯·尼古拉耶维奇。

莉莎　站起来吧，马上站起来。您怎么敢做这样的事情呢？

她扶他起身。他们走向出口，莉莎在那儿遇见斯塔夫罗
金。她举手指着他，然后逃跑了。所有人都跟她走了，除
了斯塔夫罗金留下。

斯塔夫罗金　他们为人处世的方式挺怪，请原谅他们吧。

第科尼　不。大家如今都是这副样子。您知道齐皮戈利纳
　　　工厂的工人们向军事行政长官的府邸进军呢。

斯塔夫罗金　不对，为什么您问我这事儿呢？

第科尼　（很为难的样子）一点儿也不为什么，说说话而
　　　已……

斯塔夫罗金　我还没有自我介绍呢。

第科尼　我认识您。请坐。您的母亲经常来看我。她对我

谈起您呢，她给我看过一张肖像，大家一下子就认出您的模样……

斯塔夫罗金　我的模样？我母亲对您说我疯了吗？

——补遗结束］

圣母修道院第科尼的修堂。

第科尼和斯塔夫罗金都站着。

斯塔夫罗金　我母亲对您说过我是疯了吗？

第科尼　没有。她没对我说您完全像个疯子。但她对我说您挨了一记耳光，而且在一次决斗中……

第科尼坐下呻吟了一声。

斯塔夫罗金　您身体不适吗？

第科尼　我的双腿非常疼痛，睡得也不好。

斯塔夫罗金　您要不要我让您歇着？

他转身向着房门。

第科尼　不，请坐吧！（斯塔夫罗金坐下，手上拿着帽子，保持上流社会人士的姿态。不过，他好像呼吸困难）我看您身体也不是很舒服。

斯塔夫罗金　（保持原有的神态）我是身体不适。这不，

我有幻觉。我经常看得到或感觉到，身边有某种
个体似的，时而讥笑时而凶恶时而通达，以各种
不同的面目出现。但总是同一个人，气得我发
疯。我应该看医生吧。

第科尼　是的。去看医生吧。

斯塔夫罗金　不，没有用的。我晓得是谁，您也知道吧。

第科尼　您想说是魔鬼吗？

斯塔夫罗金　对啦。您相信是不是？干您这一行的，不得
不相信吧，是不是呢？

第科尼　这就是说，像您这种情况，生病的可能性更大
一些。

斯塔夫罗金　您抱怀疑态度，我看出来了，至少您信上
帝吧？

第科尼　我相信上帝。

斯塔夫罗金　《圣经》上写道："你如果相信，如果命令
高山向前进，高山就会服从。"您能运走一座高
山吗？

第科尼　也许吧。有上帝的协助就行。

斯塔夫罗金　为什么也许？既然您相信，你应该说行嘛。

第科尼　我的信仰并不完美啊。

斯塔夫罗金　得了，算了吧。您晓得某个主教怎么回答的
吗？当一个野蛮人杀掉主教管辖下所有的基督

徒，把刀架在他的喉咙上，问他是否信上帝，主
教回答："信得很少，信得很少。"这与他的身
份不相匹配，是吗？

第科尼　他的信念是不完美的。

斯塔夫罗金　（微笑）对啦，对啦。不过，对我而言，信
念要么完善，要么没有。这就是为什么我是个无
神论者。

第科尼　完美的无神论者比对宗教麻木不仁的人更令人尊
敬。他占据完美信仰之前的最后一级。

斯塔夫罗金　我晓得。您还记得《启示录》中，关于温吞
水般的人那段话吗？

第科尼　记得，喏："我了解你的作品，你不冷，也不
热。唉！假如你是冷的，或者热的也好哇！然
后，因为你是温的，你既不冷也不热，我就要把
你从口中呕吐出来。只因你说……"

斯塔夫罗金　够了。（一阵静场，没有瞧对方）您知道，
我是非常热爱您的。

第科尼　（轻声说）我也一样热爱您。（沉默相当持久。
他用手指碰了碰斯塔夫罗金的臂肘）别生气。

斯塔夫罗金　（心惊肉跳）你怎知道……（他恢复平时的
语调）确实，是的，我生气，是因为我对您说了
我热爱您。

第科尼　　（坚定地）不必生气，和盘托出吧。

斯塔夫罗金　　您就这么肯定我是带着隐蔽的动机来的？

第科尼　　（垂下双眼）我是从您刚一进来时的脸上看出来的。

斯塔夫罗金脸色苍白，双手发抖，然后从他兜里掏出一些手稿。

斯塔夫罗金　　好吧。是这样，我写了一篇有关我自己的记叙，即将发表。不管您可能对我说什么都将压根儿改变不了我的决定。只不过，我很希望您是第一名了解这段经历的人，我来读给您听。（第科尼微微点头）请您把双耳堵住，向我保证不听。我讲了吧。（第科尼不应声）从1861至1863年，我在圣彼得堡，尽情过着放荡的生活，但没有感到任何乐趣。我跟一些虚无主义的同志生活在一起，他们崇拜我，是因为我的钱包。我活得腻烦透顶，甚而至于简直可能上吊自杀。我之所以没有上吊，那时我还盼望某些东西，我自己也说不好是什么。（第科尼什么也没说）我拥有三套房屋。

第科尼　　三套？

斯塔夫罗金　　是的。一套安置我的合法妻子玛丽娅·列比亚德金，另外两套用来接待我的情妇们。其中一

处是一家小市民租给我的，我只住一间，其余的
他们自己住。白天他们外出干活儿。而我独自在
家，常常见到他们留在家里的十二岁女孩儿，玛
特辽莎，我时常单独跟小女孩儿待在一起。

他停止讲述。

第科尼　您想往下说还是讲到此为止呢？

斯塔夫罗金　我继续讲。这是一个极其温柔平静的女孩
儿，淡黄色头发罩着一张布满雀斑的小脸。一
天，我找不到果皮刀。我向女房东说了，她责怪
自己的女儿，还打了她，甚至打出血啦。晚上，
我在自己被子的褶皱里找到了小刀。我将其放进
自己坎肩的口袋，出门后把小刀扔到街上，不让
任何人知道任何情况。三天后，我又回到玛特辽
莎的屋里。

他就此打住了。

第科尼　您对她父母说了吗？

斯塔夫罗金　没有。他们不在家，屋里只有玛特辽莎。

第科尼　喔！

斯塔夫罗金　是的，独自一人。玛特辽莎坐在角落一张小
凳上，背对着我。我待在自己的房间观察她好
久。突然，她开始轻轻唱起歌儿，非常轻柔。我
的心开始剧烈跳动，站起身，慢慢走近玛特辽

莎。窗户外长着天竺葵，太阳火辣辣。我悄悄坐
到她身边的地板上。她害怕了，突然站起身。我
抓住她的手亲了一下，她笑开了，像个女孩子样
儿了；我让她重新坐下，但她又重新站起来，带
着受惊的样子。我又亲了她的手，拉她坐在我的
双膝上。她往后躲了一下，又微笑了。我也笑
了。于是她双臂抱住我的脖子，她亲吻我了……
（他打住了。第科尼盯住他。斯塔夫罗金顶住了
他的目光，继而指着一张白纸）我的叙述到此留
下一个空白。

第科尼　您要跟我讲下文吗？

斯塔夫罗金　（面无血色，笑得很不自然）不啦，不啦。
以后再说吧。当您配得上听……（第科尼凝视
他）其实，什么事儿也没发生，您想到哪儿去
啦？什么也没……瞧瞧您哪，最好您甭这么瞧着
我。（非常轻声）别耗尽我的耐心哟。（第科尼
垂下双眼）当我两天后回来，玛特辽莎一见到我
便跳进另一间屋。但我看得出她什么也没对母亲
说。然而，整个那段时间，我忧心如焚，怕她讲
出来。终于有一天，她母亲在让我们俩单独留下
时对我说，小姑娘卧床不起，发高烧了。我呆坐
在自己的房间里，一动也不动，望着另一间屋里

的床被罩在暗影之中。过了一小时，她动弹了，从暗影中出来，穿着睡衣，显得很瘦，来到我房间的门口，用她柔弱的瘦小拳头威胁我。然后，她逃走了。我听见她跑到屋里封闭的阳台。我站起身，看见她消失在存放劈柴的储存室里。我知道她会干什么，但是我又一次坐下，强迫自己再等二十分钟。院子里有人唱歌，一只苍蝇在我身旁嗡嗡飞舞。我一挥手抓住苍蝇捏在手掌中一会儿，然后将其放掉。我记得在自己身边的一株天竺葵上，一只极小的红蜘蛛爬行得十分缓慢。当二十分钟过去后，我再次逼迫自己再等一刻钟。然后，我跨出房门，从储藏室的门缝儿向里张望，但见玛特辽莎吊死了。于是，我出门，整个晚上打牌，颇有解脱之感。

第科尼　解脱之感吗？

斯塔夫罗金　（改变口气）是的，但同时我晓得这种感觉基于卑劣的怯懦，我晓得自己永远永远再也不能够感到高尚了，无论活在这个地球上还是来世的另一个生命中，永远也……

第科尼　是否为了此事，您在今世的行为方式才如此怪异呢？

斯塔夫罗金　是的。我本想自杀的。但我没有勇气。于是，我以尽可能愚蠢的方式糟蹋自己的生命。我过着一种讽刺性的生活，认为娶一个残疾的疯女人做妻子，是个很愚蠢的好主意。我甚至接受过一次决斗，自己不开枪，希望傻乎乎地被打死。末了，我居然接受最沉重的负担，而内心根本不信此事。但这一切，枉费心机，于事无补！我生活在两种梦幻之间：一种是生活在幸福岛上，处于明媚的大海之中，人们醒来睡去平白无故；另一种生活则是我看见消瘦的玛特辽莎摇着头，用她的小拳头威胁我……她的小拳头……我想从我的生活中抹去的一种行为，却办不到啊！

他用双手捂住头颅。

接着静场之后，重新挺直身躯。

第科尼　这篇记叙文，您真的要发表吗？

斯塔夫罗金　是的，是的！

第科尼　您的意图倒是高尚的。这样的赎罪不可能走得更远了。以这种方式惩罚自己是令人敬佩的行为，只要……

斯塔夫罗金　只要？……

第科尼　只要这是一种真正的悔罪。

斯塔夫罗金　您想说什么呢？

第科尼　您在自己的记叙中直截了当表达一颗受到致命伤

的心所需要的，这就是为什么您决意让人唾弃让人打脸让人羞辱。但与此同时，在您的忏悔中，既有挑战又有傲慢。您的耽于声色又无所事事使您变得麻木不仁，使您变得无能去爱，而您好像对这种麻木不仁还挺自鸣得意的。您对可耻之事感到自豪，这才是可耻可鄙的呢。

斯塔夫罗金　谢谢您。

第科尼　为什么？

斯塔夫罗金　因为尽管您与我不和睦，却好像没有感到任何厌恶之意，居然还把我作为您的平等者那样说话。

第科尼　我倒是感到厌恶，但您那么傲慢以至您没有注意到而已，然而"把我作为您的平等者那样说话"，这句话倒是说得漂亮，表明您的心胸高贵，表明您的力量无穷，但令我恐惧，在您身上这股无用无益的巨大力量只是千方百计展现在伤天害理的事情上。于是，您否定一切，再也不爱了，什么都不爱了。须知所有的人，一旦脱离故土，脱离祖国，脱离人民，脱离时代的现实，都必将受到严惩。

斯塔夫罗金　我不怕这种惩罚，也不怕任何别的惩罚。

第科尼　相反，必须害怕。否则的话，就不成其为惩罚了，而是享乐了。请听我说：假如有个人，一个陌生人，一个您永远也不会见得到的人读了这样的悔过书，默默在心中原谅了您，这会使您平息并感到慰藉吗？

斯塔夫罗金　这将使我平息。（低声说）如果您原谅我的话，这会使我受益匪浅。（他瞧着第科尼，随后带着一股野性的狂热）不！我要获得我本人的宽恕！这才是我主要的目的，唯一的目的。唯其如此，幻觉才将消失！这就是为什么我向往一种超限度的痛苦，这就是为什么我自个儿寻找这种痛苦！请不要使我气馁，否则我将因狂怒而丧生。

第科尼　（站起身）假如您认为能原谅您自己，假如您认为在这个世上通过痛苦将获得原谅，假如您一味寻求获得这种原谅，喔哟，那么您完全获得信仰啦！上帝将原谅您缺乏信仰，因为您虽不识圣灵却敬仰圣灵。

斯塔夫罗金　对我而言，不可能有宽恕。在您的经书上也明明写着：最大的罪恶莫过于奸污这类小孩子中的某一个。

第科尼　假如您宽恕自个儿，基督也就将宽恕您。

斯塔夫罗金　不，不。不要他，不要他宽恕，不可能有宽恕的。永远不会有，永远不会有……

斯塔夫罗金拿起自己的帽子，疯子似的走向门口。然而，他又转身向着第科尼，重操上流社会人物的口气。只不过显得心力交瘁。

斯塔夫罗金　我还会再来。咱们再聊所有这一切。请相信
　　　　　　我非常高兴跟您相逢。我珍视您的接待，珍视您
　　　　　　的热忱。

第科尼　您这就要走？我很想向您提个请求……但我担
　　　　心……

斯塔夫罗金　请讲。

他随手从桌上拿起一小枚耶稣受难像。

第科尼　不要发表您的记叙。

斯塔夫罗金　我对您已经有言在先了，什么都阻挡不住。
　　　　　　我将公之于众！

第科尼　我理解。但我向您提出一个更大的牺牲。放弃这
　　　　一举动，您将因此而克服你的骄傲自大，摧毁您
　　　　的附身魔鬼，您也将达到自由啦。

他双手合拢。

斯塔夫罗金　这一切，您也太在乎了。假如我听您的，一
　　　　　　言以蔽之，我将成为某个俱乐部的成员，节日假
　　　　　　期我将来到修道院。

第科尼　不，我向您提议另一种苦行赎罪，在这所修道院
　　　　有一位苦行者，一位老者，具备基督教的广博智

慧，连像我甚至您都难以想象。您到他身边去，对他唯命是从五至七年，您将得到您所渴望的一切，我向您担保。

斯塔夫罗金　（轻浮地）进修道院吗？有何不可哇？况且，我深信自己能够像个修道士那样生活，尽管我天生就拥有兽性的肉欲。（第科尼高叫一声，伸出双手）您怎么啦？

第科尼　我看出，清楚看出，您从未如此接近新的犯罪，另一桩更残忍的新罪行。

斯塔夫罗金　请镇静。我能向您承诺不马上发表我这篇记叙。

第科尼　不，不。一天，一小时，在这种巨大牺牲以前，你将在一场新的罪行中找出一条出路，而你犯罪只不过为了避免发表这部手稿。

斯塔夫罗金紧紧盯着第科尼，把耶稣受难像掰得粉碎，把碎片扔在桌面上。

——幕落

第三幕

第十五场景

瓦尔娃拉·斯塔夫罗金的府邸。

斯塔夫罗金上。他脸上惊慌失态，表情犹豫不决，急得团团转，然后从背景深处消失。格里高列耶夫和斯捷潘·特罗菲莫维奇上场，两人都极度心浮气躁。

斯捷潘　说到底，她到底要我干什么？

格里高列耶夫　我也不知道。她让人要您立即过来。

斯捷潘　大概进行搜查吧。她听说啦。她将永远不会宽恕我啦。

格里高列耶夫　究竟是谁来搜查呢？

斯捷潘　我不知道，一种德国佬之类吧，统领一切。我激动得要命。他说这说那的。不对，是我自个儿说话。我向他叙述自己的一生，我是想说，从政治角度，我过分激动了，但保持着自尊，这个嘛，我向您保证。不过，我担心哭出声来。

格里高列耶夫　但您本该向他要求出示搜查证。必须对他持居高临下的态度嘛。

斯捷潘　听我说，我的朋友，别使我泄气啦。人倒了霉，最使人忍受不了的是听到朋友们说这无非干了蠢事引起的。不管怎样，我采取了预防措施，叫人准备好保暖的衣服。

格里高列耶夫　派什么用场？

斯捷潘　这不，假如他们来找我……现在就是这样的嘛：人家来了，人家把您抓了，然后把你流放西伯利亚，或者更糟糕的地方。所以，我把三十五卢布塞进背心衬里缝了起来。

格里高列耶夫　但问题不在于逮捕您吧。

斯捷潘　他们没准儿收到从圣彼得堡发来的电报呢。

格里高列耶夫　针对您的吗？可是您啥事也没干哪。

斯捷潘　没错儿，没错儿，人家将会抓我的哟。直奔苦役犯监狱，或者，把我遗忘在一间地堡里哟。

他放声大哭。

格里高列耶夫　瞧您哪，请镇静。您啥也没可责备的嘛。为什么害怕呢？

斯捷潘　害怕？哎！我才不怕死。总之，我并不怕西伯利亚，不，不怕。是别的事情让我害怕。我怕耻辱。

格里高列耶夫　耻辱？什么耻辱？

斯捷潘　挨鞭子。

格里高列耶夫　怎么会挨鞭子呢？您令我担心，亲爱的小
　　　　　　　朋友。

斯捷潘　是的，他们用鞭子抽你。

格里高列耶夫　但他们为什么会用鞭子抽您呢？您什么也
　　　　　　　没干哪。

斯捷潘　正因为如此啊。他们会发现我什么也没干便用鞭
　　　　子抽我。

格里高列耶夫　见过瓦尔娃拉·斯塔夫罗金之后，您也该
　　　　　　　休息休息啦。

斯捷潘　她会怎么想呢？当她听到羞辱时会怎么反应呢？
　　　　她来啦。

斯捷潘画了个十字。

格里高列耶夫　您画十字啦？

斯捷潘　哦，我从来不信这一套。不过嘛，总而言之，什
　　　　么也不该忽视呀。

瓦尔娃拉·斯塔夫罗金上场。两人都站起来。

瓦尔娃拉　　（对格里高列耶夫）谢谢，我的朋友。请让我们
　　　　　　单独谈谈……（对斯捷潘·特罗菲莫维奇）请
　　　　　　坐吧。（格里高列耶夫下场。瓦尔娃拉走到写
　　　　　　字台，急速写了个字条。就在这个时候，斯捷
　　　　　　潘·特罗菲莫维奇坐在椅子上扭来扭去。她写完

后，转身过来）斯捷潘·特罗菲莫维奇，咱们有些问题解决后，彻底分手吧。我就开门见山吧。（他坐在椅子上缩得小小的）请保持沉默。咱们开门见山吧。我确保给您一千二百卢布年薪。我还外加八百卢布，以备特殊费用，您够用了吧？我觉得这不少了。因此，您拿了这笔钱，随您去哪儿生活都行，去彼得堡去莫斯科去国外，但不要来我家啦。您明白了吧？

斯捷潘　不久之前，我听您亲口提出一个另类的要求，同样急迫同样武断。我屈从了，我打扮成未婚夫，出于对您的爱，我跳起了小步舞。

瓦尔娃拉　您没有跳舞。您来到我家戴着一条新领带，抹发蜡洒香水，您急不可耐真的想结婚。这从您的脸上看得出来。请相信我的话，很不雅观嘛。尤其对方还是个姑娘，几乎还是少女呢。

斯捷潘　我求求您啦，咱们不再谈此事。我终将去收容院的，行了吧。

瓦尔娃拉　哪会有年金两千卢布的人去收容院的。您说此话是因为您的儿子，有一天开玩笑说起收容院，况且，他可比您要聪明多啦。不过，倒是有各种各样的收容院，有的甚至接待将军们呢。那样，您将可以在那儿玩惠斯特牌。

斯捷潘　不谈了吧……

瓦尔娃拉　不谈了？现在您变得粗俗啦？在这种情况下，让咱们了断吧。您已得到通知，从今往后，咱们各自过各自的日子吧。

斯捷潘　全齐啦？咱们二十年剩下的全部吗？这就是咱们的诀别吗？

瓦尔娃拉　还提什么二十年呢？二十年的虚荣作秀、二十年的挤眉弄眼。连您给我写的信都是写给后世看的。您不是一个朋友，您是个文体优美的写手。

斯捷潘　您倒像我儿子说话了，我看出来了，他影响到您啦。

瓦尔娃拉　难道我长了这么大岁数还不足以独立思考吗？您在这二十年为我做了些什么呢？您甚至拒绝我给您找来的书籍。您又不愿意在读完之前还给我，而由于您从来不读，我就等了二十年。事实明摆着的，因为您忌妒我的智力发展。

斯捷潘　（绝望地）但怎么可能为这点儿事情就一刀两断呢？

瓦尔娃拉　当我从国外回来，我很想给您讲一讲自己处在西斯廷教堂圣母马利亚肖像前的印象，您甚至不屑一听，摆出高人的神态微微一笑了之。

斯捷潘　我是微笑了，却没有摆高人一等的神态。

瓦尔娃拉 　况且，这也无关紧要。其实，这幅西斯廷圣母
　　　　　神像也只能引起像您这样的几个老家伙的兴
　　　　　趣。这是明摆着的。

斯捷潘 　明摆着聆听所有这些残忍的话语之后，我不得不
　　　　走人啦。现在，听我说，我这就拿起乞丐的褡
　　　　裢，这就放弃您的全部馈赠，徒步走完自己的一
　　　　生旅程，要么去一位商人家当家庭教师，要么饿
　　　　死在篱笆之下。永别了。

瓦尔娃拉·斯塔夫罗金站起身，暴跳如雷。

瓦尔娃拉 　我早已确信。几年来我心中有谱，您只等待败
　　　　　坏我声誉的时刻到来。仅仅为了诋毁我家，您
　　　　　可以一死了之。

斯捷潘 　您一向对我嗤之以鼻，但我将像个忠于其心上夫
　　　　人的一名骑士那样结束自己的生命。自这一分钟
　　　　起，我不再接受您任何馈赠，我将无私地为您增
　　　　光添彩。

瓦尔娃拉 　嘿！这倒是新鲜事儿。

斯捷潘 　我晓得，您从来没尊重过我。是的，我是您的寄
　　　　生虫，我有些弱点。然而，过寄生虫生活从来没
　　　　有成为我行事的最高原则。这是自然而然形成
　　　　的。我不太清楚怎么回事儿。我总以为咱们之间
　　　　存在比吃吃喝喝更高尚的东西，这不，我从来没

有过流氓无赖的表现吧。得了！现在，上路去弥补我的过错！为时很晚了，深秋已到，乡间大雾弥漫，老年的冰霜覆盖着我的道路，在风声鹤唳中，我识别出坟墓的呼唤。不过，还得上路！噢！我向您告别，永别啦，我的梦！永别啦，我的二十年！（他脸上流满泪水）走！

瓦尔娃拉　　（很感动，但她连连跺脚）还是说些孩子气十足的话。您一向不能兑现您那些自私自利的威胁。您哪儿也不会去，不会去任何商人家，您将依旧吊在我胳膊上，继续领我给您的年金，每星期二接待您那些叫人无法忍受的朋友。别了，斯捷潘·特罗菲莫维奇！

斯捷潘　　Alea jacta est.[1]

他冲出大门外。

瓦尔娃拉：斯捷潘！

然而，斯捷潘消失了。瓦尔娃拉原地打转，撕破自己的手笼，然后扑到长沙发上，哭作一团。

户外，传来模糊的喧闹声。

格里高列耶夫　　（上场）斯捷潘·特罗菲莫维奇跑到哪儿去啦？城里发生骚乱啦！

1　拉丁文：木已成舟，无法挽回。

瓦尔娃拉　骚乱？

格里高列耶夫　是啊。谢彼古林工厂的工人们去行政长官
　　　　　　府邸前示威游行。有人说长官气疯啦。

瓦尔娃拉　我的上帝，斯捷潘在骚乱中有被捕的危险。

阿列克西·伊戈罗维奇引领进门：帕拉斯科葳·德罗兹道
夫、莉莎、莫里斯·尼古拉耶维奇和达莎。

帕拉斯科葳　噢！上帝，这可是革命呀！我的双腿不再能
　　　　　　拖着我迈步了。

维尔金斯基、利甫廷和彼得·维尔科文斯基上场。

彼得　骚动了，骚动了。这个笨蛋行政长官一下子得了
　　　热病。

瓦尔娃拉　您见到父亲了吗？

彼得　没有，但他没有任何危险，恰好碰上挨鞭子抽就是
　　　了。这对他会有好处的。

斯塔夫罗金出现。他的领带歪歪扭扭，他的神态有点儿疯
疯癫癫。这还是第一次。

瓦尔娃拉　尼古拉，你怎么啦？

斯塔夫罗金　没什么，没有……我好像觉得有人呼喊
　　　　　　我……不对……不对，谁喊我呢……

莉莎向前跨上一步。

莉莎　尼古拉·斯塔夫罗金，某个叫列比亚德金的，他说
　　　自己是您妻子的哥哥，他写了一些不得体的信给

我，声称要揭露有关您的事情。如果他真正是您的亲属，请禁止他骚扰我。

瓦尔娃拉扑向莉莎。

斯塔夫罗金 （口气带着一种怪异的直率）我确实不幸跟此人有亲属关系。四年前，我在彼得堡娶了他妹妹，列比亚德金家的姑娘。

瓦尔娃拉举起右臂，仿佛要保护自己，随即昏倒在地。

众人都急忙围上去，除了莉莎和尼古拉·斯塔夫罗金。

斯塔夫罗金 （以同样的口气）现在必须跟我走了，莉莎。咱们一块儿去斯克沃列什尼基，我有一幢多间居所。

莉莎好似木偶一般朝他走去。正在救护瓦尔娃拉的莫里斯·尼古拉耶维奇，这时朝莉莎走去。

莫里斯 莉莎！

莉莎摆一下手就制止他了。

莉莎 可怜可怜我吧。

莉莎跟随斯塔夫罗金而去。

——黑暗

叙述者（站在幕布前，由燃烧的火光映照） 长期以来蕴蓄的大火终于燃烧了。火光爆发，真正燃烧，是在莉莎跟随斯塔夫罗金私奔那一夜。烈火吞没了位于市区与斯塔夫罗金乡间别墅之间的城关。然而，大火也在人们的心灵燃烧起来了。莉莎出逃之后，不幸的事儿接踵而至。

第十六场景

斯克沃列什尼基乡间别墅的客厅。

早晨六点钟。

莉莎，依旧穿着原先的衣裙，但弄皱了，并且没有扣好。她站在落地窗后面，静观火灾的光芒。她微微颤抖。斯塔夫罗金从户外进屋。

斯塔夫罗金 阿列克西骑马去打听消息，过几分钟，咱们会搞清楚的。有人说城郊一部分已经着火燃烧了。大火是在昨夜十一点至十二点烧起来的。

莉莎猛一转身，走到扶手椅前坐下。

莉莎 请听我说，尼古拉，咱们不再能长久待在一起了，我坚持说出我要说的话。

斯塔夫罗金 你要说什么呢，莉莎？为什么咱们不再能长久待在一起呢？

莉莎　因为我死了。

斯塔夫罗金　死了？为什么，莉莎？应该活下去啊。

莉莎　您已经忘了，昨天进了屋子，我便对您说：您带来一个女死人。我已经活过一回了，我在地球上已经有过生命时光，这就够啦。我不愿意像克里斯托夫·伊万诺维奇。您还记得吧！

斯塔夫罗金　记得的。

莉莎　他让您烦得要命，是不是，在洛桑。他老说"我只来躺一会儿"，可是一躺就是一整天。我可不愿意像他那样。

斯塔夫罗金　别这么讲话。你伤害自己也伤害我呀。听着，我可以向你发誓：我此刻爱你胜过昨天当你走进这里的时候。

莉莎　奇怪的声明！

斯塔夫罗金　咱们不分开了，咱们一起动身。

莉莎　动身？去干什么？去一起复活，像您所说的？不，这一切对于我来说，太极端了。如果我应该跟您走的话，就得去莫斯科，接待来访的人并回访别人。那才是我的理想，一种地道的资产阶级理想。但既然您已结婚，一切都没用了。

斯塔夫罗金　不过，莉莎，你这不就忘了你已委身于我了。

莉莎　我没忘。我要现在离开您。

斯塔夫罗金　您用昨天的率性行事来报复我。

莉莎　这可是一种不顾廉耻的想法。

斯塔夫罗金　那么你为什么做出这种事情呢？

莉莎　对您有什么要紧呢？您一点儿罪都没有哇，您不必
　　　向任何人做交代啊。

斯塔夫罗金　不要这般蔑视我。我唯恐丧失您赋予我的这
　　　么点儿希望。我已经败坏了，就像溺水者，本想
　　　你的爱情可以挽救我。只要知道这种新的希望让
　　　我付出多大的代价。你知道吗？我已经付出了生
　　　命的代价。

莉莎　您的生命还是别人的生命呢？

斯塔夫罗金　（惊慌失态）此话什么意思？马上说清楚，
　　　你想说什么？

莉莎　我只不过是问您您为这种希望付出了您的生命还是
　　　我的生命呢？为什么这么看着我呀？您想到哪儿去
　　　啦？好像您害怕什么，好像很久以后来您一直害怕
　　　什么……瞧，现在您的脸色都苍白了……

斯塔夫罗金　假如你得知了什么，我却什么也不知道，我
　　　向你发誓，这不是我想说的……

莉莎　（害怕）我不明白您的意思。

斯塔夫罗金　（坐下，双手捧着头）一场噩梦……噩梦……
　　　咱们说的是两件不同的事情。

莉莎　我不知道您在说些什么……（她注视着他）尼古拉……（他抬起头）有没有可能您昨天没有猜到我今天就离开您呢？您晓得还是不晓得呢？别说谎，您晓得吗？

斯塔夫罗金　我晓得的。

莉莎　您晓得的，那您还占有了我。

斯塔夫罗金　是的，谴责我吧。你有这项权利。我也知道我不爱你而我却占有了你。我从来没有感觉到对任何人产生过爱情，却总是希望我爱的人是你。而你接受了追随我，便使这个希望加大了：我将产生爱情，是的，我将爱你……

莉莎　您将爱我！而我，我一时想象……噢！我出于骄傲追随您，跟您比赛谁大气得体，我跟随您来是要跟您一块儿堕落，为了分担您的不幸。（她哭泣）但我想象不管怎样您发疯似的爱我。而您呢，希望有一天很爱我。我呀，真是小傻瓜。请别讥笑我一把一把的眼泪。我酷爱自作多情。但够了！我无能为力，您也一样，无力可为。咱们各自慰藉吧，面对面伸伸舌头。如此这般，咱们的傲气至少不会叫苦连天吧。

斯塔夫罗金　别哭啦。我真受不了啊。

莉莎　我很平静，献出一生换取跟您一小时厮守。现在我镇静了。至于您，您将遗忘。您将有别的良宵、别的时辰。

斯塔夫罗金　绝不会再有啦！绝不会再有啦！除了你，再也没有人啦……

莉莎　（怀着疯狂的希望凝视尼古拉）啊！您哪……

斯塔夫罗金　对啦，对啦，我将爱你。现在，我能肯定啦。总有一天，我的心终将放松，我将低头弯腰，我将在你的怀里忘乎所以。唯有你能治愈我，只有你一个人……

莉莎　（再次镇定下来，带着颓丧的绝望）治愈您！我不乐意。我不乐意为您当一名慈善修女。去找达莎吧：那可是到处追随您的一条狗。别为我伤心。我预先知道等待我的是什么。我一向清楚，假如我跟随您，就会被您带到一个地方，里面住着一个跟人一样大小的畸形大蜘蛛，我们就不由得心惊肉跳地望着大蜘蛛度过一生，而咱们的爱情将缩减为此种境况……

阿列克西·伊戈罗维奇上场。

伊戈罗维奇　先生，先生，有人找到了……（他瞧着莉莎便把话头打住了）我……先生，彼得·维尔科文斯基很想见您。

斯塔夫罗金　莉莎，到那间房里等着。（莉莎走了过去，

> 阿列克西·伊戈罗维奇便下场）莉莎……（她又
> 站住）如果你听说什么事儿，要知道，有罪过的
> 人，肯定是我。

她失魂落魄，注视着他，慢慢倒退着进了房间。

彼得·维尔科文斯基上场。

彼得　必须让您首先知晓我们之中没有任何人有罪，事关
　　　重要的是一次巧合，是事态进展的幸运凑巧。在法
　　　律上，您与诉讼案件无关……

斯塔夫罗金　他们被烧死了，还是被杀死了？

彼得　他们是被杀死的，很不幸，房子只烧了一半，有人
　　　还找到了他们的尸体。列比亚德金被人割断脖子，
　　　他妹妹遍体刀伤。不过，是一个游荡的强盗下的
　　　手，肯定无疑。有人对我说列比亚德金头天晚上喝
　　　醉了，像大伙儿出示一千五百卢布，那是我头天晚
　　　上给他的。

斯塔夫罗金　您给了他一千五百卢布吗？

彼得　是的。作为一种特意的安排，还是以您的名义给他的。

斯塔夫罗金　以我的名义？

彼得　对。我怕他告发我们，就给了他这笔钱，让他去圣
　　　彼得堡……（斯塔夫罗金心不在焉，走了几步）您
　　　至少听听吧，事情是怎么转折的……（他拉了拉尼
　　　古拉燕尾服的翻领。尼古拉·斯塔夫罗金狠狠打了

他一拳）噢喔！您很可能会把我的手臂打骨折的。末了……总之……简而言之，他拿了这笔钱还吹牛，给费德卡看在眼里，就是这么回事儿。我现在肯定的了，正是费德卡。他大概没理解您真正的意图吧。

斯塔夫罗金　（离奇地心不在焉）是费德卡放的火吗？

彼得　不是，不是，您晓得的呀，这种大火计划是我们各小组预先决定的行动。这是非常具有全国性、具有全民性的行动方式……但没有这么早吧！有人不服从我的命令，仅此而已。但必须严惩。请注意这场灾祸有其好的方面，比方说，您成了独身。明天您就可以娶莉莎了。她在哪儿呢？我要向她宣告好消息。（斯塔夫罗金一下子笑出声来，但带有一种精神失常的模样）您笑了？

斯塔夫罗金　是的，我笑自己装爱卖情，我也笑您。好消息，当然啰！但您不认为这些尸体会有点儿使她担忧吗？

彼得　不会的！为什么？况且，从法律上讲……而且这是一位胆子大的小姐啊。她会大踏步跨过尸体，那劲头会叫您本人吃惊的，一旦结了婚，她将会全忘掉的。

斯塔夫罗金　不会结婚了。莉莎将保持单身。

彼得　不顺吗？我一见到你们俩，便明白进展不顺利。哎唷！哎唷！也许完全失败？我打赌，一整夜你们坐在不同的椅子上，浪费珍贵的时间，议论非常高尚的事儿。况且，我肯定末了这一切以荒唐的废话告终……好吧，我很容易让她嫁给莫里斯·尼古拉耶维奇，他正在外边等候着她呢，而且在雨中，请相信。至于其他人的事儿……那些被杀的人嘛，最好什么也甭对她说。她越晚知道越好。

莉莎上场。

莉莎　让我知道什么？谁杀人啦？您说莫里斯·尼古拉耶维奇什么啦？

彼得　哎哟！年轻的女郎，咱们还会在门后偷听呢？

莉莎　您说莫里斯·尼古拉耶维奇怎么啦？他被杀了吗？

斯塔夫罗金　没有，莉莎，只是我妻子和她的哥哥被人杀了。

彼得　（*殷勤示好*）怪事一桩，千奇百怪的偶然！有人趁大火把他们兄妹俩杀了并抢走了他们的钱财。肯定是费德卡干的。

莉莎　尼古拉！他讲的是实话吗？

斯塔夫罗金　不，他没说实话。

莉莎发出一声呻吟。

彼得　但请理解，此人已丧失理智了！况且他整夜躺在您身边。因此……

莉莎　　尼古拉，对着我讲话好像此刻面对上帝。您究竟有
　　　　罪或无罪？我将相信您的话就像相信上帝的话。我
　　　　将像一条狗那样跟着您去海角天涯。

斯塔夫罗金　　（缓慢地）我没有杀人，我反对这种谋杀。
　　　　但我晓得有人会杀害他们，我没有阻止凶手们杀
　　　　人。现在，请便吧！

莉莎　　（带着厌恶注视他）不行！不行！不行！

她嚷着出门。

彼得　　这么说，跟您，我白白浪费时间啦？

斯塔夫罗金　　（带着颓丧的口气）我呀。噢，我呀……
　　　　（突然狂笑起来，然后站起身来，以可怕的声音
　　　　叫喊）我，极其憎恨在俄罗斯存在的一切，憎恨
　　　　俄罗斯人民，憎恨沙皇，憎恨您和莉莎，我憎恨
　　　　地球上一切有生命的，首先憎恨我自己。那么让
　　　　毁灭主宰吧，是的，毁灭所有人，包括斯塔夫罗
　　　　金所有的猢狲及其本人，统统毁灭……

——黑暗

第十七场景[1]

在街上。

莉莎奔跑。彼得·维尔科文斯基在后面追赶。

彼得　请等一下，莉莎，请等一下。我来送您回去。我有
　　　一辆马车，在那儿。

莉莎　（精神失控）对，对，您是好人呀。他们在何处？
　　　哪儿流过血呢？

彼得　不行哪，您想干什么？天下着雨呢，瞧见了吧。过
　　　来吧，莫里斯·尼古拉耶维奇在这儿呢。

莉莎　莫里斯！他在哪儿啦？喔，上帝啊，他在等我！他
　　　心中有数的。

彼得　瞧瞧您自个儿吧，他有何要紧呢？肯定是个不带偏
　　　见的人呗。

莉莎　好极了！棒极了！可不能让他瞧见我这副德行呢。
　　　咱们快逃，逃到森林里，逃至田野上……

彼得自个儿溜之大吉。莉莎逃跑。莫里斯·尼古拉耶维奇
突然出现，追赶她。莉莎跌倒。莫里斯俯下身去，边哭边
脱下大衣，裹住姑娘。她吻他的手，哭出声来。

1　这一场排练过，但从未正式上演。

莫里斯　莉莎！我在您身边微不足道，但别嫌弃我。

莉莎　莫里斯，别抛弃我！我害怕死亡，我不愿意死掉。

莫里斯　您全身湿透啦！哦，上帝，雨下个不停。

莉莎　没关系。请过来，送送我吧。我要看一看血。有人
　　　说，他们把他的妻子杀了。而他说是他杀了她。但
　　　这不是真的，是不是呀？要么，我要亲眼看看，因
　　　为我而被杀死的人们……快，快！哦，莫里斯，请
　　　别原谅我，确实，我的行为不诚实，为什么要宽恕
　　　我呢？您有什么好哭的呢？扇我一巴掌吧，就在这
　　　儿把我杀死得了呗！

莫里斯　谁都无权审判您，而我比谁都没资格。愿上帝宽
　　　恕您吧！

幕布渐渐映现火焰的光芒，开始听得见人群的喧哗。

此时上场的是斯捷潘·特罗菲莫维奇，他身穿旅行服装，
左手提着一只旅行包，右手拿着一根棍和一把伞。

斯捷潘　（有点儿胡言乱语）哦，您哪！亲爱的，亲爱
　　　的，怎么可能哪！在这样的雾霭朦胧中……您见
　　　到了大火！……您很不幸，是不是？我却看得清
　　　清楚楚。我们大家都不幸哪，但应当原谅他们，
　　　原谅他们所有的人。为了跟这个世界一了百了，
　　　为了大家都成为自由人，必须宽恕宽恕……

莉莎　喂！您起来吧，为什么下跪呢？

斯捷潘　在向这个世界说永别的时候，我想通过您这个人儿向我整个过去告别。（他哭泣）我向自己一生中所有美好的东西下跪。我梦想攀上天堂，结果陷入泥潭，成了粉身碎骨的老人……瞧见他们火红火红的罪恶了吧。他们也不能找到别的法子啊。但你们俩被淋透了吧，拿走我的伞吧。（莫里斯机械地拿走了伞）我总，总有办法找得到一辆大车的。对啦，亲爱的莉莎，您刚才说有人杀了某个人，是吗？（莉莎一时昏厥）上帝呀，她昏过去啦！

莉莎　快，快，莫里斯，把伞还给这孩子吧！马上还！

　　　（她回过头来走向斯捷潘·特罗菲莫维奇）我要在您身上画上个十字，可怜的人哪。您也要为可怜的莉莎祈祷哇！

斯捷潘·特罗菲莫维奇走开了，而他们俩也走向火焰。

哄闹声增大。火焰更旺。此时，人群高喊：

众人声音　那就是斯塔夫罗金的小姐。把人杀了还不够，还想看看尸体。

一名汉子打莉莎。

莫里斯·尼古拉耶维奇扑向那汉子。

他们厮打起来。莉莎站起身来。其他两名男子又打她，其中一个用棍子打。她倒在地上。一切平静下来。莫里斯·尼古拉耶维奇把她抱在怀里，把她搬到灯光下。

莫里斯　莉莎，莉莎，别抛下我。（莉莎朝后倒下，
　　　　死了）莉莎，莉莎，现在该由我去跟你相聚
　　　　啦！

——黑暗

[补遗第十七场景中被删减的文字：
利甫廷与维尔科文斯基的一小段对话，以及在基里洛夫家。

利甫廷　暗杀者们牵累了我们。您使我们陷于困境。

彼得　是一次偶然，不是我呀。然而确实您受牵连了。但
　　　我对您说了，还不是最严重的。这不，最严重的是
　　　沙托夫会感到愤慨，他会揭发您。必须赶快行动。

利甫廷　这将再犯一次罪行，好吧，就这么办喽。

彼得　噢，对付此人，咱们毫无风险。我给你们说过，基
　　　里洛夫决意自杀，会接受背黑锅。

利甫廷　怎么相信得了这样的事呢？

彼得　所以我向您建议跟我一起去见基里洛夫嘛。

利甫廷　其他人犹豫不决。维尔金斯基拒绝杀人。

彼得　让他们都来吧。没有其他出路，您呢？

利甫廷　我？

彼得　是呀，您害怕啦。（利甫廷站住）您可以让我放弃
　　　这个计划。您是自由的。

彼得走开。利甫廷犹豫不决，然后跟随他，穷途末路。

帷幕收起。

菲利波夫公寓。基里洛夫喝茶。利甫廷和彼得·维尔科文
斯基蹑手蹑脚进屋。基里洛夫打了个哆嗦。

彼得　您没搞错吧。我来是为把那事儿一了百了的。

基里洛夫　今天吗？

彼得　不，明天吧，就在这个时刻。

彼得坐下，利甫廷站着。

彼得　（指着利甫廷）他们不愿意相信我。但明天我要单
　　　独在这儿。

基里洛夫　我更喜欢单独行事。

彼得　重要的是您签字在先，然后我给您做听写。

基里洛夫　无关紧要，我将照办不误。

彼得　我可以喝茶吗？

基里洛夫　当然，利甫廷也可以。

利甫廷　我……我不喝。

彼得　您不愿意喝茶还是您不能喝茶。

利甫廷　我不在他家喝茶。

彼得　我倒看出来啦，您是神秘主义者，基里洛夫则不是，他，他喝茶并坚守诺言。

基里洛夫　您很可笑。事实上您害怕我改变主意。

彼得　您将改变主意吗？您害怕了吗？

基里洛夫　我很愿意您离开。

彼得　您瞧瞧。您乐意我走开，以便一个人待着沉思冥想。这些都是危险的症状。您硬要思考。依我之见，不思考更有价值，简简单单把事做完就得了呗。

基里洛夫　只有一件事情使我深恶痛绝，就是在这样的一个时刻，在我身边有像您这样一条害人虫。

彼得　同意，同意！但您若愿意的话，我到台阶上等着。您只要想象我是一个狗屁不懂的傻瓜，比您低下得多得多。

基里洛夫　您并不傻，您是下三烂。

彼得　三生有幸，三生有幸。

基里洛夫　不，您心里很不高兴。您此刻甚至不能掩饰偏狭的怒火。但您若把我惹火啦，我将决定再等六个月。

彼得　别，别呀。

基里洛夫　您看到了吧，您又不傻。现在，您走吧。

彼得　（站起身）好吧。请告诉我，是不是在肉店女老板处找得到费德卡呢？

基里洛夫　他就在我房间这里。他吃喝都在这里。

彼得　他怎么如此胆大妄为呢？他既没有钱又没有护照。

基里洛夫　我不知道。他是来跟我告别的。他说您是一个
　　　　　无赖，不愿意向您要钱。

彼得　（恼火）告诉他来这儿。

基里洛夫去打开房门。费德卡上场。

彼得　你为什么不去我命令你去的地方等我？

费德卡　讲点儿礼貌，小小伪君子，讲点儿礼貌！你是在基
　　　　里洛夫先生家，他可是个有文化有教养的人喔。

彼得　您要还是不要一本护照和钱去彼得堡啦？

费德卡　你是狂妄自大的家伙。瞧你为我干了些什么呢？
　　　　你许诺以斯塔夫罗金先生的名义给我钱，让我给
　　　　无辜者放血。现在我晓得斯塔夫罗金先生并不知
　　　　情。到头来真正的凶手不是我，也不是斯塔夫罗
　　　　金，而是你。

彼得　你今天见到斯塔夫罗金了吗？

费德卡　我不允许你向我提问，奸佞小人。

彼得　你到了圣彼得堡就将收到钱啦！

费德卡　你说谎，杀人凶手。

彼得　（怒不可遏）要知道，恶棍，我这就把你立刻交给
　　　警察局！

费德卡挺起身，彼得·维尔科文斯基拔出自己的手枪。费

德卡迅速扑上去朝他的脸上打了四拳。彼得·维尔科文斯基倒下了。费德卡从一条板凳下抽出他的包裹，溜之大吉。基里洛夫往彼得·维尔科文斯基身上洒了些水。利甫廷待着一动也不动，彼得·维尔科夫斯基清醒过来了。

基里洛夫　怎么啦？您自我感觉如何？

彼得　（挺起身来，怒不可遏）假如您后退，假如您逃跑，我都会从天涯海角找到您，我将把您压得粉碎……（他把枪对准基里洛夫，但马上回心转意，瞧着利甫廷）至于费德卡，一会儿让他吃饱喝够最后一次吧。

彼得下场，后面跟着利甫廷。基里洛夫也下场，但留在自己的房间里。客厅黑暗。

——补遗结束〕

叙述者　斯捷潘·特罗菲莫维奇像个被废黜的国王，在一条条大路上游荡，正当大伙儿到处找他之际，事态急剧演变。沙托夫的妻子出走三年后又回来了。沙托夫以为他们可以重归于好，而实际上却是最后的了断。

第十八场景

[补遗第十八场景中被删减的文字：

玛丽·沙托夫到达。

客厅黑暗。沙托夫卧室有灯光。沙托夫在床边做祷告。有人敲外面的门。他没听见。敲门声更响亮。沙托夫熄灯，从卧室出来，穿过客厅。

沙托夫　（在门后）谁在外边？

一个女人的声音　如果您是沙托夫，告诉我，是否同意接
　　　　　待我。

沙托夫　怎么不呢，马上进来吧！等一等，我点支蜡烛。
　　　　　（他寻找火柴，没有找到，磕磕绊绊，随后回
　　　　　到房门，打开时嘴里还念叨："算了，真倒
　　　　　霉……"）

玛丽　嗨！您总是那么笨手笨脚！

沙托夫　是啊，是啊。快来，玛丽。你浑身全湿透了。那
　　　　　儿，那儿，你搭着我。喏，那是我的房间。等一
　　　　　等，我去点亮蜡烛。

他找了一会儿，白费劲。玛丽站在卧房中央，静静地等着。

沙托夫　感谢上帝，它们都在啦。

他点亮了灯，玛丽走向床，坐下，显然精疲力竭了。

沙托夫　你的样子疲乏不堪啊。

玛丽　　是啊，我筋疲力尽啦。别这么站在我面前。请坐下
　　　　吧，我只在这儿待很短的时间，等找到工作就走。

　　　　　　　　　　　　　　　　　　——补遗结束］

沙托夫的卧室。

玛丽·沙托夫站着，手提一个旅行袋。

玛丽　　我留在这里，只待很短的时间，等找到了工作就
　　　　走。但假如我妨碍你，我请求您对我说一声就行，
　　　　就像一个诚实的人那样。届时我卖掉一些东西，就
　　　　去住旅馆。

她坐在床上。

沙托夫　玛丽，不应该说旅馆啦，你就是在自己家里，
　　　　这里。

玛丽　　不，我不在自己家。我们三年前就分手了。请不
　　　　要胡思乱想，以为我后悔了，以为我来重新开始
　　　　什么的。

沙托夫　不，不，这么说不管用的。况且一点儿关系都没

有。你是唯一曾经对我说过你爱我的人。这就够了。你做自己想做的事情，你已经在这儿啦。

玛丽 那好，您是善良的。我之所以来您家，正是因为我一直认为您是个好人，胜过所有那些混蛋……

沙托夫 玛丽，听我说，你看上去精疲力竭。求求你不要发火……如果你同意喝一点儿茶，比如说，嗯？如果你同意。

玛丽 好的，我同意，您还总是像个孩子。让我喝茶吧，如果您有的话。这里，好冷哟。

沙托夫 好，好，喝茶。

玛丽 您家里没有吧？

沙托夫 会有的，会有的，你会喝上茶的，你会喝上茶的。（他走出房门，去敲基里洛夫的房门）您能借点儿茶叶给我吗？

基里洛夫 来喝就行了呗！

沙托夫 不啦。我妻子来到我家啦。

基里洛夫 您的妻子！

沙托夫 （支支吾吾，一半哭腔）基里洛夫，基里洛夫，我们一起在美国受过苦啊。

基里洛夫 是的，是的，等一等。（他走开，继而托着茶盘回来了）喏，拿着吧，还有一卢布，也拿着吧。

沙托夫 我明天就还您！啊！基里洛夫！

基里洛夫　别这样，别这样，她回来就好嘛。您还爱她就好哇。您来找我，这就对喽。您若需要什么，就叫我好啦。不论什么时候都行。我会想着您和她的。

沙托夫　唉！您将成为何等的人物，假如您能够抛弃您那些可怖的思想！

基里洛夫猛然走出去，沙托夫瞧着他出去。有人敲门，利雅姆金上场。

沙托夫　我不能接待您。

利雅姆金　我有事儿要通知您。我代表维尔科文斯基来向您传达，一切安排妥当。您自由了。

沙托夫　真的吗？

利雅姆金　是的，完全自由啦，只要您向利甫廷指认印刷机埋藏的地点就行了。我明儿天亮前六点整来找您。

沙托夫　行吧，我去。现在请走吧。我妻子回来了。（利雅姆金下场。沙托夫回到房间。玛丽睡着了。他把茶放在桌上，端详她）啊，你多么美呀！

玛丽　（醒了）您为什么让我睡着呢？哎哟！我占据了您的床。

沙托夫　你身体不适，我亲爱的。我去叫医生……你哪儿疼？你需要纱布吗？我能做的……

玛丽　什么？您想说什么……

沙托夫　哦，没什么……我不明白你哪里不舒服。

玛丽　没有，没有，一点事儿也没有……你走动走动，给我讲点儿什么……给我讲讲您的新思想。您宣扬什么呢？您可是情不自禁总要宣扬宣扬的，这注定在您的性格里。

沙托夫　是啊……这就是说……我现在宣扬上帝啦。

玛丽　可您却不相信上帝呀。（再一阵疼痛）噢，真叫人无法忍受，真叫人无法忍受！

她推开俯向床的沙托夫。

沙托夫　玛丽，我按你说的做……我走动……我说话……

玛丽　您怎么还没看出来已经开始了。

沙托夫　已经开始？但开始什么……

玛丽　难道您没看出来我要生孩子吗？咳！这个该诅咒的孩子！（沙托夫站起身）您去哪儿？您去哪儿？我禁止您出去！

沙托夫　我马上回来，我马上回来。需要用钱！请个接生婆……噢！玛丽，基里洛夫，基里洛夫……

黑暗。继而曙光慢慢射进房间。

沙托夫　她在一旁，跟他在一起。

玛丽　他很美。

沙托夫　这是个大喜事儿。

玛丽　我怎么称呼他呢?

沙托夫　沙托夫。他是我儿子。让我帮你把枕头整理好。

玛丽　不是这样的嘛! 你真是笨手笨脚的。

他尽可能把事情做好。

沙托夫　玛丽! 我的心肝宝贝。

她又把身子翻了过去。

玛丽　哼! 尼古拉·斯塔夫罗金是个恶棍。

她抽抽噎噎地哭起来。沙托夫爱抚她,轻声温柔地说话。

沙托夫　玛丽,现在事情了断啦。咱们三人一起生活,咱
　　　　们将找活儿干。

玛丽　(扑到他怀里) 对,咱们将工作,将忘掉过去,我
　　　　亲爱的人。

有人敲客厅的门。

玛丽　怎么回事?

沙托夫　我倒是忘了。玛丽,我得出去一趟。半个小时就
　　　　会了结的。

玛丽　你要丢下我孤苦一个人。我们团聚了,你却把我扔下。

沙托夫　但这是最后一次。然后,我们将团聚。我们将永
　　　　远永远不再想过去日子的恐怖。

他拥吻她,自己戴上鸭舌帽,轻轻关上房门。利雅姆金正
在客厅等他。

沙托夫　利雅姆金,我的朋友,您一生中总归有过幸福吧!

黑暗。然后，利雅姆金和沙托夫从帷幕前走过，以表示走过街道。利雅姆金站住，犹豫不决。

沙托夫　您等什么呢？

他们走了。

——黑暗

第十九场景

勃里科沃森林。

齐加洛夫和维尔金斯基已在场，随后彼得·维尔科文斯基带着修士和利甫廷到达。

彼得　（高举提灯，逐个审视过来）我希望你们没有忘记
　　　已经商定的事情。

维尔金斯基　听着！我得知昨天夜里沙托夫的妻子已经回
　　　到他的身边，并且她已分娩了。对于懂得人心的
　　　人来说，很明显他现在不会告发啦。他很幸福。
　　　也许咱们现在可以放弃了。

彼得　假如您突然变得幸福，您会退缩去完成一项您认为

正确又必要的正义行为吗？

维尔金斯基　当然不会……我更乐意……

彼得　　好吧，干脆告诉你们，沙托夫现在认为这种告发是正义的，是必需的。况且，他的妻子跟别人私奔了三年却回到他家给他生了个斯塔夫罗金的儿子，这难道有幸福可言吗？

维尔金斯基　（突然发作）是的，但我，我抗议。我们要求他以名誉保证就行了呗。

彼得　　谈名誉保证，必然成为政府豢养的人物。

利甫廷　您怎么敢这么讲呢？在场的谁是政府豢养的人物呢？

彼得　　也许是您吧……出卖者就是在危险的时刻害怕的人。

齐加列夫　够啦。我要发言。自从昨晚，我有步骤地检查这次暗杀的问题，我得出的结论是：暗杀是不必要的，是轻率从事的，是带有个人意气的。您憎恨沙托夫，因为他鄙视您，因为他侮辱过您。这是个人问题。但人格确实专横。因此，我走人。不是害怕危险，亦非出于对沙托夫的友情，而是因为这次暗杀与我的思想体系相矛盾，永别啦。至于揭露，你们知道，我决不会干的。

他说完转过身，扬长而去。

彼得　　留下吧，留下来一起跟这个疯子算账。暂且，我
　　　　不得不告诉你们沙托夫已经向基里洛夫吐露告发
　　　　的意图。正是基里洛夫本人向我揭发，因为他很
　　　　气愤。现在，你们什么都知道了。此外，你们全
　　　　都发过誓的。（他们面面相觑）得了，我提醒，
　　　　你们必须把他投到水塘之后，咱们再分头活动。
　　　　基里洛夫的信将为咱们掩护。明天，我出发去圣
　　　　彼得堡。你们随后将会得到我的消息。（口哨
　　　　声。利甫廷迟疑了一下才回应）咱们藏起来。

他们全部藏起来，除了利甫廷。利雅姆金和沙托夫上场。

沙托夫　　怎么啦！你们都当哑巴啦？您的鹤嘴镐搁哪儿去
　　　　啦？别害怕嘛。这里连只猫都没有。可以放炮，
　　　　城郊居民区没人听得见任何声音。就在这里。
　　　　（他用脚踩了踩地）正是这块地方。

修士和利甫廷从他身后蹿出来，抓住他一双臂肘，把他摁
倒在地上。

维尔科文斯基用自己的手枪顶着他的前额。

沙托夫喊出一声："玛丽！"既短促又绝望。

维尔科文斯基开枪。

维尔金斯基并没有参加擒拿沙托夫，却突然开始颤抖，开
始叫嚷。

维尔金斯基　这，不是这样的啊。不，不。根本不是这样
　　　　　的。……不……（利雅姆金一直待在他身后也没
　　　　　参与谋杀，突然从背后抱住他，发出骇人听闻的
　　　　　喊叫。维尔金斯基恐惧地挣脱。利雅姆金扑向彼
　　　　　得·维尔科文斯基，并发出同样的喊叫。大家把
　　　　　他控制住，让他静下来。维尔金斯基哭泣）不，
　　　　　不，不是这样的……

彼得　　（鄙夷地瞧着他们）败类!……

——黑暗

第二十场景

街道。

维尔科文斯基急如星火走向菲利波夫公寓，却碰上费德卡。

彼得　　为什么不按照我向你下的命令藏在那个地方呢?

费德卡　讲点儿礼貌吧，小蟑螂；讲点儿礼貌吧，伪君
　　　　子；讲点儿礼貌吧，告密者。我不愿意连累基里
　　　　洛夫先生，他是一位学识渊博的人物。

彼得　你究竟要还是不要去彼得堡的一份护照和金钱呢？

费德卡　你是一只臭虫，对我而言，你就是只臭虫。你许诺以斯塔夫罗金先生的名义给钱为了使无辜者洒血。我现在得知斯塔夫罗金并不知情，以至于真正的杀手，既不是我，也不是斯塔夫罗金，而正是你本人。

彼得　（怒火中烧）知道不，混蛋，我立马把你交给警察局！（他掏出手枪。不料，费德卡动作更快，朝他的脸上连打四拳。彼得倒下。费德卡溜之大吉，哈哈大笑。彼得爬起来）你跑到天边，我也将把你抓住，让你粉身碎骨。至于基里洛夫！……

他跑向菲利波夫公寓。

——黑暗

第二十一场景

菲利波夫公寓。

基里洛夫　（在黑暗中）你杀了沙托夫！你杀了他，你杀

　　　　　　了他！

灯光亮起来。

彼得　我给您讲了一百遍了。沙托夫定会告发咱们所有
　　　　人的。

基里洛夫　住口。你杀死他，因为他在日内瓦啐你脸了。

彼得　为此，还为许多其他事情。您怎么啦……嗯……

基里洛夫拿起他的手枪，瞄准维尔科文斯基，后者也掏出
枪对峙。

基里洛夫　你已经准备好你的武器，因为你害怕我毙了
　　　　　　你。但我不会杀人的。尽管……尽管……

他继续瞄准，但笑着放下手臂。

彼得　我知道您不会开枪的，但您冒了巨大的风险。我可
　　　　要开枪了，我……

他重新坐下，自己倒了茶，一只手还有点儿发抖。

基里洛夫把自己的枪放在桌子上，开始来回踱步，并在彼
得·维尔科文斯基面前站住。

基里洛夫　我哀悼沙托夫。

彼得　我也哀悼。

基里洛夫　住嘴，无耻之尤！要不然，我杀了你。

彼得　好吧，我不哀悼他了……况且，时间紧迫。我该坐
　　　　黎明一班火车，去国外的。

基里洛夫　我懂了。你把罪行推给其他人，而你自己躲藏

起来。流氓无赖！

彼得　正人君子也好，流氓无赖也罢，都是空话。只有空话。

基里洛夫　倾我整个一生，倾我全心全力，做空话以外的实事。我为此活着，唯望话语有意义，如同行为那样有意义。

彼得　这就？

基里洛夫　这就……（他凝视彼得·维尔科文斯基）哎！你是我生前见到的最后一个人，我不希望咱们分手时怀有仇恨。

彼得　就我个人而言，请相信我毫无反对您之处。

基里洛夫　咱们俩都是混账王八蛋，而我，即将自杀，你，将活下去。

彼得　当然，我将活下去。我是懦夫，我，这是可耻可鄙的，我心里很明白。

基里洛夫　（情绪越来越激昂）是啊，是啊，可耻可鄙。听着。你要记住：被钉在十字架上受难的那个人，对他右边快要死去的强盗说："就在今天，你就将同我一起上天堂。"太阳落山了，他们俩死了，既没有去天堂也没有复活。然而，这个人是全球最伟大的人。假如没有这个人，全球之上所有的一切只不过是疯魔。这不，假如自然法则甚至不能放过这样的人，假如自然法则逼迫他生活在谎言中并为一个谎言而死亡，那么整个寰宇只是一种虚幻。那么活在世上干什么呢？如果你还是个男子汉，那么请回答。

彼得　不错。活着有什么好哇！我非常好地理解您的观点。假如上帝是个虚幻，那么我们就是孤独的，就是自由的。您自杀，您就证明您是自由的，就是证明不再有上帝。但为此，您必须自杀。

基里洛夫　（越来越狂热）你明白啦。嘿！人人都会明白，即使像你这样的混蛋都能明白。不过，总要有人开个头吧，以便向其他人证明人具有可怖的自由。我很不幸，因为我是带头人，因为我极其恐惧。我只不过主宰一点儿时间，但我将是始作俑者，将门打开而已。男子汉们将一个个喜出望外，全体成了主宰，并将永远是主宰。（他扑向桌子）喂！拿笔来。你口授，我笔录，一字不差。也写上我杀了沙托夫。口授吧，我不怕任何人，一切皆置之度外了，所隐藏的一切皆予以披露，而你，你必将粉身碎骨。我深信，我深信。口授吧。

彼得　（跳将起来，把纸和笔摆到基里洛夫面前）我，阿列克西·基里洛夫，我声明……

基里洛夫　好。向谁呢？向谁呢？我定要晓得我向谁发这个声明。

彼得　不向任何个人，向所有世人。为什么确定谁呢？向全世界吧。

基里洛夫　向全世界！妙。不后悔。我决不后悔。我不愿意跟当局打交道。行了，口授吧。宇宙是坏东西，我签字画押。

彼得　是呀，宇宙是坏东西。让当局见鬼去吧！写吧。

基里洛夫　等一等！我要在这一页上方画一个向他们伸舌头的人头。

彼得　大可不必。不要画了，语气足够啦。

基里洛夫　语气，对的，是这么回事儿。口授语气……

彼得　"我声明：今晨在公园里我杀了大学生沙托夫，惩戒他出卖宣言告发宣言的行为。"

基里洛夫　这就齐了吗？我还想骂他们哪。

彼得　这就够了吧。给我。您可是既没写日期也没签字。签吧。

基里洛夫　我要骂他们。

彼得　那就写上共和国万岁！他们将吓得脸都发白。

基里洛夫　对呀，对呀，不，我要写上"自由、平等、博爱或死亡"！噢！用法文写上：俄罗斯绅士，

> 修士，文明世界的公民。喏，喏，这就完善
> 啦。完善。（他站起身，拿起枪，跑去熄灯。
> 屋子一片漆黑。他竭尽全力在黑暗中一声长
> 号）马上，马上……

一声枪响。寂静。有人在现场摸索。彼得·维尔科文斯基点亮一支蜡烛，举起来照一照基里洛夫的尸体。

彼得 完美无缺！

彼得下场。

玛丽·沙托夫 （在同一楼层喊道）沙托夫！沙托夫！

——黑暗

［补遗第二十一场景中被删减的文字：

基里洛夫之死

菲利波夫公寓。基里洛夫坐在一张长沙发一角。桌上摆着半只鸡搭配米饭。东正教圣像前点亮长明灯。有人敲门。基里洛夫没动窝。彼得·维尔科文斯基轻轻地推开门。基里洛夫依旧没动窝，注视着他。彼得·维尔科文斯基把门在他背后关上，朝基里洛夫走去。

基里洛夫 我还以为您不来了呢。

彼得　（呆立在他跟前，审视着他）得啦，一切顺利。咱们
　　　　不放弃商定的计划吧。好样的。（他狞笑）请不要抱
　　　　怨我迟到。我是给您两个或三个小时作为礼物。

基里洛夫　我不需要您的礼物，蠢货！

彼得　怎么啦？呵！呵！咱们发火啦！处在您的位置，我倒
　　　　会尽力保持冷静。瞧瞧，鸡烩米饭！为您做的吗？

基里洛夫　不，我做给沙托夫妻子吃的。

彼得　（警觉起来）她在哪儿呢？在这里？

基里洛夫　我把她安置在高层，列比亚德金上尉以前的套
　　　　　房。为我自己的计划，我需要单独住。

彼得　她不能听到吧？任何人都不能知道我在这里。

基里洛夫　不会的。

彼得　啊！您让我安心。不过，这盘鸡烩米饭，我还没有
　　　　吃东西呢，我能……

基里洛夫　吃吧，如果您能吃。

彼得　我能。（他吃相粗俗。基里洛夫恶心地看他吃）希
　　　　望这不妨碍讲您的事儿。这么说，您不会退却吧。
　　　　写信？

基里洛夫　我决定今晚写也无所谓啊。我签字就是啦。我
　　　　　必须承认什么呢？

彼得　我口述，您写信呗。

基里洛夫　信上写些什么？

彼得　只有几行字。您首先承认您和沙托夫在费德卡的协助下散布宣言，而首先指明费德卡藏匿在您家。涉及费德卡的最后一点非常重要。

基里洛夫　沙托夫？为什么是沙托夫呢？

彼得　您然后要写您跟沙托夫吵架了，因为他准备告发您……于是您把他毙了。

基里洛夫　（从沙发跳将起来）他死了吗？

彼得　今晨。

基里洛夫　是你把他杀了？

彼得　不难预料嘛。用的是这把手枪。（他用右手扶着手枪）我给您讲了一百次了，沙托夫会把我们全部告发的。

基里洛夫　住嘴。你杀了他，因为他在日内瓦啐了你的面孔。

彼得　为了此事，还为了许许多多别的事情……您怎么啦……嗯……

基里洛夫拿起了他的手枪并瞄准他。维尔科文斯基也拿起自己的手枪。

基里洛夫　你已经准备了你的武器，因为你害怕我毙了你。但我不会杀你。尽管……尽管……

他继续瞄准。随后垂下手臂，笑了。

彼得　我早知道您不会开枪的，但您冒了很大的风险。我正要射击呢，我……

彼得再次坐下，给自己倒了茶，一只手有点儿发抖。基里洛夫把自己的枪放在桌子上，开始来回走动，继而在彼得·维尔科文斯基跟前站住。

基里洛夫　我痛惜沙托夫。

彼得　我也是。

基里洛夫　闭嘴，恶棍，不然我毙了你。

彼得　我不痛惜他。

基里洛夫　（再次走来走去）我不退缩。我坚决自杀，恰恰现在。全是无赖！

彼得　很对。到处只有无赖：一个诚实的人只能自杀。

基里洛夫　笨蛋。我也是，我是混蛋。

彼得　好吧。我一向不明白为什么您愿意自杀。您也许能给我解释一下。

基里洛夫　为了成为神仙。

彼得　这是个很有趣的想法，给我解释一下。

基里洛夫　（注视他）您是个肮脏的政治骗子。您决意把我拖到这个阵地为了激发我的热情，为了争取我同意按您的意思写信。

彼得　随您怎么说吧。况且，时间紧迫，我该乘黎明那班火车去国外。

基里洛夫　我明白。你把你的罪行留给其他人，然后你躲起来。无赖恶棍。

彼得　无赖恶棍也罢，正派诚实也罢，都是些词儿，只是一些词儿而已。

基里洛夫　终我一生，只追求词儿，别无其他。我只为词儿而活着，为了词儿具有意义为了词儿也成为行动……

彼得　然后呢？

基里洛夫　然后……（他注视彼得·维尔科文斯基）哦！你是我见到的最后一个人。我不想听他们在憎恨中离开。

彼得　请您完全相信我，就个人而言，我没有任何反对您的事情。

基里洛夫　咱们俩都是穷途末路之辈，我，我要自杀啦，而你，你将活下去。

彼得　当然，我将活下去，我是懦夫嘛，我。这很卑鄙嘛。我明白得很。

基里洛夫　是的，我不明白人们否定上帝却依然活着。

彼得　噢！您好明白哟！故而必须自杀。

基里洛夫　（慷慨激昂）时至今日，世人只是发明上帝而以免自杀。这不，就此概括了人类历史。有我在世界历史上的第一次特立独行，我拒绝发明上帝。故而世上没有别人，只有人的意志，即只有我的意志。为了使世人明白我是自由的，必须以前所未有的一个行动，在世人眼前肯定我的自由，只有人的意志，我的意志，拒绝发明上帝。我必须自杀才能让他们明白他们是自由的。

彼得　就是嘛。那就动手吧。（他瞧了瞧自己的表）但请告诉我，谁是点亮圣像前的长明灯。

基里洛夫　是我……

彼得　据我看，您比一名东正教神父更信教。

基里洛夫　（更加亢奋激昂）是的，是的，更令人鄙夷。听着，你应该记住耶稣基督对死在右侧的盗贼说："就是今天，你将跟我一起上天堂。"白天结束，他们死了，既无天堂也无复活，然而基督此人成了全球最伟大的人物。没有这个人物，载满万物的星球只不过是异想天开。这不，假如自然法则甚至不让此人安然无恙，假如自然法则逼迫他生活在谎言中，逼迫他为一个谎言而死亡，那么咱们这个星球只是一个谎言而已。那么活着有什么好的呢？你若是一个男子汉，请回答。

彼得　确实对呀。活着有啥好呢？我非常理解您的观点。假如上帝是一则谎言，那么我们就是孤独的，就是自由的。您自己杀自己，您就证明您是自由的，那就不再有什么上帝了呗。但为此，您必须自杀了。

基里洛夫　（越来越亢奋）你总算明白了。得了，既然像你这号人都能明白，那么大家将洞若观火啦。听着，不错，必须弄清楚上帝并不存在，那么自由，无限的自由就启程了。于是，我便是沙皇，将是沙皇。总得有某个人为天下先吧，以自杀向其他众生证明世人拥有惊心动魄的自由；我很不幸，因为我是首创者，我害怕得要命，我只是一石激起千层浪似的沙皇，我将是开启者将打开大门。世人将个个幸福，人人皆为沙皇，这将永远如此。（他扑向桌子）嗳！拿笔来！听写吧。我不怕任何人，一切皆与世无争了，我什么都签，也签是我杀沙托夫的。听写吧！我不怕任何人，一切皆泰然自若啦，隐藏的一切皆可大白于天下，而你呢，你将粉身碎骨。我相信，我相信，听写吧。

彼得　（跳将起来，把纸和笔放在基里洛夫面前）我，阿列克西·基里洛夫，我声明……

基里洛夫　是，写给谁？写给谁？我要知道我向谁写这个声明。

彼得　不写给任何个人，要写给大家，为什么指名道姓呢？写给全世界。

基里洛夫　写给全世界！好极了。毫不后悔。我决不反悔，决不向当局幡然悔悟。

彼得　对喽，世道恶劣。让当局者见鬼去吧！写吧！

基里洛夫　等一等！我在书信上方画个人头，伸出舌头给他们看。

彼得　不，不要画，语气足够了。

基里洛夫　语气，是的，是这么回事儿。听写包括语气。

彼得　……我宣告今天早晨我在公园里杀死大学生沙托夫，因为他出卖并告发社团宣言和跟我们在菲利波夫公寓周围居住两天的费德卡。今天，我自杀，不是因为我幡然悔悟或因为我害怕你们，而是因为我曾经在国外已经形成了结束自己生命的计划。

基里洛夫　完了吗？我还想辱骂他们呢。

彼得　够了，给我吧。但您没写上日期也没签名。请签字吧。

基里洛夫　我要辱骂他们。

彼得　写上"共和国万岁！"。他们将吓得面无人色。

基里洛夫　好的，是的，不，我这就写上自由，平等，博爱，或死亡。好啊！还要用法文写：基里洛夫，俄罗斯绅士，文明世界的公民。好啦，好啦！完美无缺！

（他站起身，拿起手枪，急忙跑进沙托夫的房间，

并把房门关上。房间里一片漆黑）

叙述者　彼得·维尔科文斯基重读书信，他瞧了瞧房间。他等待，却一点儿动静也没有。他悄悄走近房门，然后猛然推开。某个物体伴着吼声向他扑过来。他便把门又关上，浑身发抖。他犹豫，拔出手枪，把子弹上膛，放在桌上。然后他灭了灯光，点燃一支蜡烛，重新拿起手枪，他走向卧房，一下子把房门打开，等了一下，轻手轻脚前移，慢慢进入房间。他突然转身。基里洛夫靠着墙，在他身后，僵直不动，双臂紧抱躯体，头颅直挺挺的，背贴紧墙壁。他举起蜡烛照基里洛夫的面孔，但见一丝讽刺的微笑。于是，他举起手搭在他肩上。基里洛夫扑向他，咬他的手，彼得·维尔科文斯基边吼叫边打他，挣脱后，扔下蜡烛便逃开了。基里诺夫在黑暗中竭尽全力大喊："马上，马上……"一声枪响，寂静。在黑暗中摸索一阵后，彼得·维尔科文斯基划亮一根火柴，在客厅重新找到蜡烛，照亮在另一间屋里的尸体。他重新关上房门，把蜡烛放在客厅的桌子上，把书信放在显眼的地方。玛丽·沙托夫在上面一层上叫喊："沙托夫！沙托夫！"彼得·维尔科文斯基逃之夭夭。

——补遗结束］

第二十二场景

叙述者　杀害沙托夫的凶手们被捕了，是软弱的利雅姆金告发的。只有彼得·维尔科文斯基逃跑了。此刻，他舒舒服服坐在头等车厢里越过了边境，前往一个更好的社会。他正准备新的计划呢。如果说维尔科文斯基家族不会灭绝，斯塔夫罗金家族可就难以为继啦。

〔补遗第二十二场景中被删减的文字：
斯塔夫罗金府邸。瓦尔娃拉·斯塔夫罗金。达莎戴孝。瓦尔娃拉前后左右走来走去。

瓦尔娃拉　大家都怎么啦？尼古拉已消失了。那场愚蠢的婚姻，他的妻子被人杀了，那是杀人凶手的社团，是纵火者的社团，咱们落到了他们的手里。（她瞧着达莎）你的哥哥，我亲爱的，你可怜的哥哥！我心里清楚得很，根本不可能是基里洛夫干的。利雅姆金把他们全部告发了。我希望已经把那些人抓起来了，会把他们统统吊死的。

达莎　（温和地）我希望不。

瓦尔娃拉　啊！对啦！我竟忘了，你啊，你是个真正爱德行善的修女。但必将把他们吊死，因为必须这样做人的嘛。但吊死不了那个彼得·维尔科文斯基，他找到办法逃亡国外啦！这个卑鄙的无赖！他父亲也逃了，但像个孩子，忍受雨淋，不知去哪儿安身。哦，没有贵族气派的俗人！他想得到的一切，都使我蒙受耻辱。

达莎　他将会回来的。

瓦尔娃拉　住口。你不了解他。这是个残酷的男人，肆无忌惮，是个刽子手。即使他千方百计回来了，也不会放弃使人蒙受羞辱的，他一想到我会焦虑不安，心里就乐开了花。

达莎　您不止焦虑不安吧，您感到沮丧了吧。

瓦尔娃拉　是啊！喔，不，你想到哪儿去啦？你疯了吧。（她转过身，继而嚷道）不管死的或活的，都给我找回来。啊！达莎，我感到孤独，好孤独啊……

达莎　您有儿子嘛。

瓦尔娃拉　我不再有儿子啦。

阿列克西　（上场）加加诺夫先生的用人找到了斯捷潘·特罗菲莫维奇，把他带回来吧。

瓦尔娃拉　（惊跳起来）快，快去迎接他。马车自清晨就准备好了。

阿列克西　他住在一家偏僻的客栈，离这里四十公里。索菲娅·奥利廷纳，那个兜售《福音书》的女贩子在路上遇见他，跟他在同一家客栈呢。

瓦尔娃拉　啊，老放荡鬼。

阿列克西　她照料他哩。

瓦尔娃拉　他病了吗？他一定是生病啦？

阿列克西　是的，据说病得挺重。他被雨淋后受凉得了病。

瓦尔娃拉　啊！笨蛋，笨蛋……我亲自去。阿列克西，套马车，我跟你一起去吧，咱们再带上两个汉子，说不好要抬他呢。走吧，快！（她走向大门，停下脚步，转身对达莎说）我亲爱的，我亲爱的。

她拥吻达莎，然后出门。达莎从窗口看她外出，从胸口掏出一封短笺，看了一下。

达莎　哦，他将回来啦，他将回来啦。他还活着[1]，不管怎样，他还跟我打招呼。（一阵车轮滚动声）我的上帝啊，先保护他们吧，保护他们所有的人吧，然后再保护我本人。

——补遗结束]

1　指尼古拉·斯塔夫罗金还活着。

斯塔夫罗金府邸。

瓦尔娃拉·斯塔夫罗金穿着一条短斗篷。达莎，待在她身边，戴着黑纱。阿列克西伫立门边。

瓦尔娃拉　备马车！（阿列克西出门）如此流窜，在他这个年纪，在大路上在雨水中！（她哭泣）傻瓜！傻瓜！不过，他病了。噢！我将把他接回来，不管死了还是活着！（她走向大门，却站住，返回走向达莎）我亲爱的，我的宝贝。

她拥吻了达莎，这才出门。

达莎从窗口瞧着她走了，便返身坐下。

达莎　我的上帝哟，保佑他们所有的人吧，保佑他们所有的人吧，然后再保佑我自己。（斯塔夫罗金突然回来。达莎注视着他。冷场）您是来找我的吧，是不是？

斯塔夫罗金　是的。

达莎　您要我做什么？

斯塔夫罗金　我来请您明天跟我一起出发。

达莎　我照办就是啦。咱们去哪儿？

斯塔夫罗金　国外。咱们将安顿在那儿直到永远。您跟我去吗?

达莎　我去就是了。

斯塔夫罗金　我认识的那个地方好凄凉哟,在一个峡谷
　　　　　　里,山高高的,阻断视线和思路。那个鬼地方,
　　　　　　在这个世上,最最像死亡啦。

达莎　我随您去就是了。但您要学习生活呐,学习重新生
　　　活呐,您这么健壮。

斯塔夫罗金　(带着一丝狞笑)是的,我有力气。我曾经
　　　　　　能够挨了耳光一声不吭,能够制伏一个杀人凶
　　　　　　手,能够放荡到极点,也能公开承认自己失势落
　　　　　　魄。我什么都能做,我有取之不尽的力量。可是
　　　　　　我的这身力气不知道往何处使。对我来说,一切
　　　　　　皆陌生了。

达莎　哦!但愿上帝给您一点儿爱,即使我并不是您爱的
　　　对象。

斯塔夫罗金　是啊,您有勇气,您将是一个优秀的看护!
　　　　　　但再说一遍,请别打错了主意。我倒是从来没能
　　　　　　够憎恨过什么。这不,我也从来没有爱过。我只
　　　　　　能否定,低俗的否定。假如我终于相信点儿什
　　　　　　么,我也许能自杀。但我却不能相信。

达莎　(胆战心惊)尼古拉,如此茫然若失的感觉,这就
　　　是信念或信念的指望。

斯塔夫罗金　（凝视着她，片刻沉默之后）这不，我有信
　　　　　　念了嘛。（他又站立起来）什么也别说。我现在
　　　　　　有事可做了。（他古怪地露出一丝微笑）多么低
　　　　　　三下四地来找您。您是亲爱的人儿，在抑郁不堪
　　　　　　之时待在您身边我感到温馨。

达莎　您来了，您使我感到幸福。

斯塔夫罗金　（盯住她，神色古怪）幸福？同意，同
　　　　　　意……但不对，这是不可能的……我只带来痛
　　　　　　苦……不过，我并不指责任何人。

他从右侧下场。

外面传来喧哗声。瓦尔娃拉从远台上场。

她后面是斯捷潘·特罗菲莫维奇，被一名高大健壮的农奴
像抱小孩似的抱着。

瓦尔娃拉　快，把他安置在长沙发上。（对阿列克西）去
　　　　　　通知大夫。（对达莎）你，去把房间给弄得暖
　　　　　　和些。（大家安顿斯捷潘，农奴便退出去了）
　　　　　　怎么！您疯了吧，散步很顺利吗？（斯捷潘昏
　　　　　　厥过去，她慌了阵脚，在他身边坐下，拍打他
　　　　　　的手）噢，镇静！静下心来！我的朋友！噢，
　　　　　　刽子手。刽子手！

斯捷潘　（挺直身体）哦，亲爱的！哦，亲爱的！

瓦尔娃拉　不，请等一等，住口！

他抓住她的手，紧紧握在他双手中。

突然，他把瓦尔娃拉·斯塔夫罗金的手拉到自己的嘴唇边。

瓦尔娃拉咬紧牙关，瞧着房屋的一角。

斯捷潘　我爱您……

瓦尔娃拉　住嘴！

斯捷潘　我爱了您一生，二十年间……

瓦尔娃拉　你这么重复来重复去"我爱您，我爱您……"，
　　　　　　够了。二十年过去了，再也不可能召回来。我可
　　　　　　不是傻瓜！（她站起身来）如果您还不睡，我
　　　　　　就……（带着突如其来的柔情）睡吧，我会守护
　　　　　　您的……

斯捷潘　好吧，我这就睡了。（他说昏话，但还有几分情
　　　　　　理）亲爱的，无与伦比的朋友，我感觉出来了，
　　　　　　是的，我的手感到幸福啦。但是，幸福对我一钱
　　　　　　不值，因为马上，我开始原谅我的敌人们……假
　　　　　　如至少别人也能宽恕我。

瓦尔娃拉　（动情，并带着唐突）有人将会原谅您的，然
　　　　　　而……

斯捷潘　是的，我不配。我们大家都有罪过。但如果有您
　　　　　　在场，我就像个孩子，像孩子那样无辜。亲爱
　　　　　　的，我只能生活在一个女人身边。在大路上有多
　　　　　　么冷哟……但我认得百姓。我向他们讲我一生的

故事。

瓦尔娃拉　您谈到了我，在您住的客栈！

斯捷潘　是的，也就是说用隐晦的话语，他们听得稀里糊涂的，什么也没听懂。哦！让我吻您的裙摆吧！

瓦尔娃拉　安静待着吧。您总是让人无法忍受呀。

斯捷潘　是啊，那就打我另一边脸面吧，就像《福音书》上写的那样。我始终是个小人。但跟您除外。

瓦尔娃拉　（哭泣）跟我在一起，你也是个小人。

斯捷潘　（亢奋）不，不，终生都在说谎……甚至当我说真话的时候。我说话从来不是为了追求真理，而仅仅为了我自己。您知道不，就现在还在说谎，也许吧？

瓦尔娃拉　是的，您在说谎。

斯捷潘　这就是说……唯一真实之事是我爱您。至于其他，对，我说谎，这是肯定的。麻烦，在于当我说谎之时，我相信自己所言，是吧。人生最难的莫过于活着，莫过于不相信自己的谎言。但有您在跟前，我就不相信自己的谎言啦，您会帮助我的。

他一阵昏厥。

瓦尔娃拉　醒醒，醒醒。喔，他发高烧！

阿列克西上场。

阿列克西　已经通知大夫啦，夫人。

阿列克西从右侧下场。瓦尔娃拉回到斯捷潘身边。

斯捷潘　亲爱的，亲爱的，您在啊！我在大路上思考过了，我明白了许多事情，不要再否定了，什么都不要否认……对我们而言，为时太晚了，但对于将来的人们，是不是，接班的一代，年轻的俄罗斯。

瓦尔娃拉　您想说什么？

斯捷潘　喔！请读有关猪猡那一段。

瓦尔娃拉　（惊慌失措）关于猪猡？

斯捷潘　是啊！在《路加福音》中，您晓得的啊，当时魔鬼进入猪猡体内。（瓦尔娃拉到她的写字台上取《福音书》翻找）在第八章32至36行："鬼就央求耶稣说：'若把我们赶出去，就打发我们进入猪群吧！'耶稣说：'去吧！'鬼就出来，进入猪群。猪群忽然闯下山崖，投在海里淹死了。放猪的就逃跑进城，将这一切事和被鬼附体的人所遭遇的都告诉人。合城的人都出来迎见耶稣，既见了，就央求他离开他们的境界。"[1]

斯捷潘　唔！唔！这不……魔鬼全从病人身体出去了。亲爱的，您终将明白，终将承认，这是咱们的创

1　见《路加福音》8:31—37。

伤，咱们的道德败坏，当然啰，也是咱们的不纯洁，而病者俄罗斯也……而道德败坏，从俄罗斯体内流出，又进入公猪体，我坚持说是我们，我的儿子（彼得·维尔科文斯基）还有其他人，我们就像群魔冲下去毙命啊。而病人将治愈，将坐在耶稣脚下，所有的人将治愈……有朝一日，俄罗斯将治愈。

瓦尔娃拉　您不会死的。您说这番话使我更加痛苦，残酷的人哪！……

斯捷潘　不，亲爱的，不……再说啦，我不会彻底死亡的。我们还将复活，我们还能复活！是吧！假如上帝存在，咱们将会复活，这就是我发表宗教信仰的声明，也是一劳永逸地向您表明信念：我爱您……

瓦尔娃拉　上帝存在，斯捷潘·特罗菲莫维奇，我向您肯定上帝存在。

斯捷潘　我一清二楚，明白上帝存在，上帝就在大路上，上帝就在我的人民中间。我一辈子都在说谎。明天，明天，亲爱的，咱们重新生活在一起……

他朝后仰去。

瓦尔娃拉　达莎！（始终站着，身体僵直）我的上帝！可怜可怜这个孩子吧！

阿列克西　（从右侧房门出来）夫人，夫人！（达莎跟
　　　　　　进）那儿，那儿！（他指着房间）斯塔夫罗金
　　　　　　先生！

达莎朝房间奔去，传来她的哀吟，随后她慢慢走出房间。

达莎　　（跪地倒下）他上吊了。

叙述者上场

叙述者　夫人们，先生们！再说一句：尼古拉·斯塔夫罗
　　　　　　金死后，大夫们会诊检验，宣称：他毫无神经错
　　　　　　乱的迹象。

——幕落

加缪谈《群魔》的改编

（1959 年 3 月）

公众讨论会的摘要
安托万剧院一次演出后

——［未听清问题。］

——一切都是我们亲自动手，理由棒得不得了，因为我们没有钱呗，所以不得不亲自绘制布景，不用说亲自构思，亲自建造背景，亲自裁剪服装，亲自导演剧本。总之，从最有悟性、最有才气的精神活动到最靠手工的活计，我们不得不全部包办。

——［……您曾经说过剧院是个共同体，却是个修道士共同体。那么，我很乐意知道您跟这个共同体到底有哪些关系？您是怎样与这个共同体打成一片的呢？您跟演员们是怎样生活在一起的呢？］

——喔！这要取决于剧团，是不是？我是想说，这取决于剧本。但总体而言，确实是我说的，这是个修道士的共同体，但我不会发挥自己已经说过的话了，因为这会给我引来麻烦。我只限于说，我觉得剧团是一种强行的团结一致，我想说这是一个集体：技术员的、演员的、作家的或导演的集体，强扭着团结，这也许是实现团结唯一的办法。我想说为了人类的活动最好是依靠义务、依靠必需，也要依靠利益，因为首先，团结不是世上最好分享的东西，其次，团结取决于气温，取决于季节，取决于一般性的时日。在剧院，我们不得不团结，因为——一会儿我将补充说毕竟还有感情的团结一致，但最终我要说我们是被迫的，因为两个月的舞台劳动果实是我们大家一起来摘，抑或毫无结果。我想说一个剧本的失败波及所有参加这出戏的人，以同样的方式，演出成功也属于所有人。嗨，这可是一种大家共同分享的事情哟。所以，最重要的时刻——我认为自己在这儿的同志们没有一个反对我的——对我们来说，剧本最重要的时刻是创作的时刻。臻于完善的时刻自然是人们所称的总排练。我急于补充的是，也存在一种感情共同体，人们气味相投，喜爱相同的东西；当然没有比一开始就互相喜爱的团结更为强力牢固的啦，抑或一开始出于迫不得已……

——［关于改编《群魔》的问题。］

——这个问题已经有人给我提过了，是不是呀？好吧，我改编《群魔》，因为首先，它是我放在所有书籍之上的四本或五本之一，曾在我成长过程中起过作用；其次，我一直以为陀思妥耶夫斯基特别适合于搞戏剧。例如，另外对我成长有过贡献的四本书之一，《战争与和平》，托尔斯泰的巨著。我从来没想过把《战争与和平》搬上舞台。有一次我去看《战争与和平》演出，我应当说这肯定了我的想法。托尔斯泰的小说天地——我不谈他写的剧本，反正不适合搬上舞台，因为这不是人们可以搬上舞台的一个天地，因为不是为舞台而设计的，而是我称之为建立在小说空间与时间的天地，就是说很像一条江的时空。在托尔斯泰的案例中是一条非常宽阔的大江，浩浩荡荡，由于烟波弥漫而显得景观缩微了，并以持续的方式显现。而这，并非戏剧性时值。戏剧性时值与之相反，其进行的方式经过爆发经过间断经过瓦解经过删节，这种戏剧时值，在我看来，就是陀思妥耶夫斯基的时值。好在我不是唯一这么思考的人，这不，有大量改编陀思妥耶夫斯基的著作，而据我所知改编托尔斯泰的微乎其微。我刚才举的只是一个例子罢了。这就是为什么我决定把陀思妥耶夫斯基搬上舞台。

——［有关斯塔夫罗金的问题：有两种可能性。其一，他曾对莉莎说过一句话："我从来没有感觉到对任何人产生过爱情。"其二，他曾对达莎讲过一句话："我倒是从来没有能够憎恨过什么。这不，我也从来没有爱过。"］

——是呀，对于人物的心理，这是一句重要的话，也是一句模棱两可的话，就像在斯塔夫罗金这个人物身上的许多事情都是模棱两可的。我并不确信——我这么说，是对陀氏的一种赞扬——此言对作者本人会是完全明晰的。无论怎样，这个句子，我一旦将其摘抄，说明是在小说中存在的，而我将其放在剧本中，对我而言，是因为在斯塔夫罗金的心理中具有一种含义。斯塔夫罗金说的意思是指他一直生活在缺乏爱之中，他生活在行为等价之中。他勾搭莉莎或跟一个有点儿弯腰曲背的瘸腿女人结婚是等量齐观的，他糟蹋一名少女或做出一个牺牲的大动作是并行不悖的，这也在文中写着。自杀，在斯塔夫罗金的头脑里存在，他说"我觉得符合逻辑"，是一种完全值得尊重和确确实实的逻辑：自杀即选择。然而，心中无爱的人生活在逻辑等价之中，因为他确实不选择他的心理状态，他凭本能稀里糊涂对待出现在他面前的事情。斯塔夫罗金是个男子汉，在陀思妥耶夫斯基的小说中是一名知识分子，太过大家风度以至于他可以无视仅仅以一秒钟的选择以一个人体消灭的行为来了结一个生命，这个行为也同时赋予他的生命一种 X 的含义。这正是他想说的：以某种方式自杀，这就是信仰。这不，也有另一种格局显示陀思妥耶夫斯基更有独到之处——如果你们不介意的话——具有基督教的格局，在这个意义上讲，（他是）基督教异教徒，假如我是教皇或东正教的大佬，我不会放过陀思妥耶夫斯基，因为这是个异端分子。然而，这句话有基督教的共鸣，那就是斯塔夫罗金认为他生活中犯过这么个罪孽，从基督教的角度来讲，他应该自己惩罚自己。但按我的看法，这是一种次要的反响，而首要的反响，即我试图在你们面前所下的定义，才是好的反响。

——［您曾经说过：艺术作品是地道荒诞创作。您赋予戏剧怎样的功能？］

——您的第二句话是个问题……好吧，先说一说您的第一句话吧。关于荒诞创作，我写了一整本书呢，要是能用三分钟讲清楚，我会感到绝望的，是不是呀？另外，您引用的这句话对我而言只有在上下文的语境下才有意义，是不是呢？第三，对我而言，这句话大概是二十年前说的，是不是呢？我作为作家要求拥有进化的权利。这是不怎么经常赋予作家的一个权利，请相信我的话，因此，您若愿意的话，我能对此给出的解释是追溯以往的解释。但不管怎样，我要说的事，是在一个荒诞条件内的——如果人们使用我不太喜欢说出口的这个词儿。毕竟同样徒劳无益吧，正如人们所说，创作《群魔》抑或去阿富汗结婚……所有这一切不相上下，旗鼓相当。但假如有人认为生活的荒诞恰恰是体验荒诞的一个理由，（应）尽最大可能体验，那么人们的艺术作品获得一种并行不悖的概念，这就是既然生活没有意思，那么最好艺术家，绝望并反对人的状况本身，并企图通过其著作赋予生活一种含义。以上是第一方面。

现在讲第二方面，戏剧的地位在……很难讲，是不是呢？有时候人们向我提一个问题，不，不是"有时候"，最近有人向我提出一个问题，同一类的，也就是："哪种类型哪种文学的类别是我偏爱的？"小说、戏剧或杂文？这就把三种类别的读物重新组合在一起啦。第一类别的读者说：您写下如此美好的小说，但去搞戏剧是多么古怪的念头哟。第二类别的读者说：您是个戏剧人，究竟为什么写那么蹩脚的小说呢？第三类别的读者说：多么差劲的随笔作者啊！其余嘛，倒是好作品。哼！我从来不能做出回答。我觉得大伙儿都说得对。三个类别的人都完全有理，这不，对我自个儿来说，我始终觉得一个艺术家千方百计慢慢走近某种有点儿令人激动的核心，尽管以一种有点儿盲目的方式，尽管以有点儿笨拙的方式；自从他真正献身于艺术的时刻，并能够最最光明正大地走向其中心，他走过的条条道路便无关痛痒啦。至于我，从严格的意义上讲，我写小说并不比写剧本、写杂文更乐意一些，但我渴望说两三件事情，经常是同样的事情，只是在一个更广泛的背景语境下，只是在我生活经验的背景语境下，两三件事情而已，有时会以小说的视角呈现于我心目中。所以我不大相信把小说改成戏剧非得作者亲自执笔不可，因为作者以小说形式写成是根据小说的需要。以同样的方式在我自己身上发生过两三件事情，有时以触目惊心的巨大形象出现在我面前，置于更为强烈的灯光之下。有时候，我搞不出来形象，于是我便说理。就是这个样子。一言以蔽之，三个步骤是我的做法，对别人也许不见得很好，也许不见得有用，但对于我则是主要的步骤。从这个观点出发，我能就两件互相矛盾的事情回答您的问题。第一，就是戏剧在艺术生活中无足轻重，我想说，（它）并非得天独厚的表达手段；第二，这样说吧，对我而言确实是表达手段，是特别不可替代的手段，不可缺少的手段。（掌声）

——［（前面句子未听清）对"两三件事"了如指掌……］

——对两三件事情了如指掌？嗨，我明白您的想法，夫人，嗯，我不能向您肯定，但我希望，正如一切艺术家所希望的，在我生命结束时，把我几部作品加在一起，我能将其排列起来，人们将从远方就看得到这些对我而言既深刻又不可或缺的题材所射出的光芒。

——［在您笔下的人物中是否有某一位特别吸引您呢？……斯塔夫罗金吗？］（笑声）

——自然，我对儿童最为敬重。（笑声、掌声）这不，倒是个蛮有意思的问题，但也许不必提得如此生硬。因为，很明显嘛，一个像斯塔夫罗金这样的人物所提出的问题——都是我在自己生活中所遇到的问题，坦白承认没

加缪谈《群魔》的改编　　243

有什么好羞耻的……（笑声）

　　——［您是否认为陀思妥耶夫斯基是当代文学之父呢？］

　　——您说是法国当代文学之父吗？

　　——［是的。］

　　——首先，我以为陀思妥耶夫斯基开始只是被了解。我想说那个时代，我用的是过去时，那个年代对他的作品倒是最最赞赏的。我曾经有过好奇心，打听他的书籍在法国的发行量，结果相当令人沮丧，区区几千册。一些时间以来，对啦，自从开战以来，相反，发生了一个极其广泛的运动，不仅在评价方面和评论方面，而且在阅读方面都时兴起来了。你们也许看到报刊上的调查，尽管意义不大，但不管怎么说，在这些调查中，在有关拥有最多读者的全球作家调查中，可以经常看到陀思妥耶夫斯基名列前茅，特别是青年中所做的种种调查。因此，我回答您的问题时说，按我的看法，陀思妥耶夫斯基的影响尚未显现落实。但他的影响即将显现，即将大规模显现。因为我认为自己了解我所有的同行同事，他们没有一个没读过陀思妥耶夫斯基全部作品，无不深受感动，即使有赞成有反对之区分。特别之处（在于），我认为陀思妥耶夫斯基所提出的问题皆为只在我们当代社会内部才有正面的反响——我要说对于我们法国人、西方人，自然我不说俄国人。反正，我认为能够说影响的问题始终是个敏感的问题，是要讨论研究的，因为我们不晓得影响从哪儿开始在哪儿停止。不管怎么说，我们能说的，就是一个作者活在或者不活在某种精神状态内或某个集体精神内。那么，我以为假如说有部作品今天活在我们中间，那便是陀思妥耶夫斯基的著作。

——〔我很想请教您，是否您并不认为陀思妥耶夫斯基把自己移植到斯塔夫罗金这个人物身上，比移植到别的人物身上要多得多，以及您是否认为没有必要牺牲一点儿他的面貌呢？〕

——我按先后次序回答，好吗？关于第一个问题，是陀思妥耶夫斯基自个儿能够回答您，因为同样的现象也出现在卡拉马佐夫兄弟身上，或如您所知，有两个人物，可以说是亵渎神明的。这不，陀思妥耶夫斯基本人说过他先前写亵渎神明的话需几天时间，而要能够写成功像样的段落却需要几个月才行。我认为这相当正常。就文学而论，恶比善更有利可图。我想说在文学上比较容易把恶推向前台，因此可以非常肯定在陀思妥耶夫斯基身上人们可以深深感受到人物的双重性、人物的模棱两可性，可以非常肯定他的倾向引领着他自己，魅力更容易引导他倾向于斯塔夫罗金。另外，他塞进一件自传性的小事儿：陀思妥耶夫斯基曾参与彼特拉切夫斯基的谋反。况且，此人被判死刑。当时陀思妥耶夫斯基遇见一名男子，所有的见证者异口同声道出他便是斯塔夫罗金的模特儿（原型）。这位仁兄叫斯贝切纳夫，他看上去简直是拜伦式的美男子。如常人所言，他很有魅力，跟一些波兰姑娘有过浪漫的艳遇。另外，他居然还是个知识分子。一个大家风度的知识分子、一个大手笔的窃贼、一个浅薄的理论家，特别鼓吹虚无主义。因此，陀思妥耶夫斯基不仅被他自己设计的小说主角的内在形象所吸附，另外也被回忆一位曾对他影响极大的人物所吸引。因此，我认为以上两种情形使人们可以说，不管他自觉或不自觉地感受到痛苦，他的自我感觉，这不，比如说，与第科尼主教相比，更亲近斯塔夫罗金。但陀思妥耶夫斯基自己的选择，也就是说一位男子汉的选择，一般来说所做的决定是与自己的倾向爱好相悖的，因为倾向性一般不是自己决定的，而是听其自然。

至于简化，我想说的是第二个问题，哦，对啦，为了把如此复杂的一个人物搬上舞台，确实我们不得不首先更为强烈地使其容光焕发，然而心理上的情意结，就尤其半明半暗了。因此，在舞台上，从一部小说过渡到一场戏，出现一种明显的缺失，一种生命力的缺失，一种神秘的缺失，总之，这种缺失是不可避免的。我试图尽最大可能加以限制，当然啰，因为我已经意识到了，但我应当说我没有获得成功，我不可能获得成功。不过呢，舞台则相反，冒险增加点儿东西，使某个人物容光焕发。我想说，人们在一部小说中追从的东西有时候是慢吞吞的，因为小说的篇幅很宽宏，突然浓缩了，火急火燎在舞台上呈现三小时或两个半小时，观众从一座剧场出来时带走斯塔夫罗金在一座舞台上扮演的面容，反正留在观众心目中的人物形象比阅读时所产生的形象更为深刻，我暂且不说看戏的观众对斯塔夫罗金形象是否理解正确，是否比他阅读小说更加印象深刻。好在对作品的价值评判使用这类处理方法，即一方说是提升价值，另一方说是降低价值，自有一剂良药，请允许我向你们推荐，那就落实到这剂良药吧：阅读陀思妥耶夫斯基小说《群魔》。

——［您是如何思考伊凡·卡拉马佐夫和斯塔夫罗金关于孩子的痛苦和死亡的差异的呢？］

——好的，首先请允许我说明一个细节。如果就个人而言，孩子们受害的问题确确实实存在，我确实也探讨过，我想说这在我已不是什么创新啦，而我则是直接继承于陀思妥耶夫斯基。我想说早在年轻得多的时候，在接触陀思妥耶夫斯基作品前，我不说这个问题在我心里尚未提起过，而是对任何人而言都已经提出来了。但说是这么说，它并没有在我心目中深深扎根，就像人们从艺人的身份向自己提出这个问题。阅读了陀思妥耶夫斯基一篇文字，对我而言，恰似火焰般变成焦油沥青留在一面灰色的墙上。好啦，不说这些了。

至于伊凡的问题，他反抗，因为他不能接受孩子们在成长中受苦；如果为了接受成长，就必须接受苦难接受折磨孩子，因此他拒绝生儿育女。以上是粗线条描绘伊凡的立场。斯塔夫罗金的立场，也是一样的，除了一个细节——我居然说一个"细节"——除了一个极其严重的事实，那就是他玷污了一个女孩子。按我的意见，请你们斟酌，伊凡·卡拉马佐夫提出的问题恰如当代法国人文主义知识分子提出的问题。斯塔夫罗金提问的方式方法，就是违背他自己违背自己的行为，而问题被他的感觉放大了十倍，对他感到搞糟的事情，也许他心想此事压在自己身上是必要的，这在他，是一种深切而现实的方式方法，因为他感到过痛苦并切身体验过，是更有教益的，跟伊凡提及的事情相比较更有无限的教益，更有无限的震撼性。请你们注意，我不会说我对斯塔夫罗金有同情心，其理由我刚才已经向这位小姐解释过了，但我要说从文学观点看，我觉得斯塔夫罗金作为一个人物比伊凡·卡拉马佐夫更加触目惊心。（掌声）

——［问题涉及有人把陀思妥耶夫斯基同托尔斯泰相比较。］

——我不会说问题提得平庸。这不，您的问题相当普遍。我想说始终有两类：对俄罗斯文学而言，好比我们的拉辛和高乃依，你们知道的。好吧，涉及陀思妥耶夫斯基和托尔斯泰并行不悖的问题，经常会有对陀思妥耶夫斯基的特大爱好者，如同西班牙语所说的 afficio-nällo（法语grands awatawn），不能够忍受托尔斯泰，而与此相对应，我却掌握对《战争与和平》大赞大颂的爱好者的情况，他们也不能够阅读陀思妥耶夫斯基，即使阅读，也不喜欢陀氏的小说。我必须说，就个人而言，我没有任何必要两者都喜欢。我想这与太阳有关，这么说，有点儿节略啦，但也差不离吧。我想说我在一个国家，总之在一个环境中被抚养长大，因为气候的极端性，我的意思是很热很热的太阳，很冷很冷的冰雪，我的意思是自然条件产生的结果和限度，这都允许我相当容易地接触种种世界，比如陀思妥耶夫斯基的世界。但同时，我是法国人，属于法国文化，就是说，像人们在报刊上说的什么笛卡尔主义者，到头来，对我而言毫无困难的是喜爱一种扎实得多的艺术，一种更加"讲究编著"的艺术，尽管我对"讲究编著"这个说法不以为然。《战争与和平》了不起，活像一张黑桃A，必须讲真话，但这么说来，在我，这是一门艺术了，是一门所有艺术的顶峰之作，由于拥有让人活命的能力，就是您的能力，对啦，您恰好是个画家，我觉得处于您的地位，对像托尔斯泰这样一个作家更有感悟，因为托尔斯泰展现三维空间，我想说他深刻，比一个像陀思妥耶夫斯基这样的作家还要深刻，因为后者展现的人物更多是处于二维空间，他以速度替代深度。

——［大厅里有人喊道："陀思妥耶夫斯基的著作含有四维空间！"］

——陀思妥耶夫斯基具有四维空间，你们听见了吧……（笑声）

——［根据您的意见，什么最重要……？（听不清）］

——谈不上文风吧，既然他用俄语写作，是不是啊，而我，又不懂俄语，但读懂俄语的人们都对我说他有点儿像咱们的巴尔扎克，他写的俄语不是很纯的，但是，这并不妨碍巴尔扎克是个伟大的小说家。因此，依我的看法，这只能是以下的情况——并不是思想，因为这个词儿跟陀思妥耶夫斯基不搭界，而是说陀思妥耶夫斯基笔下的题材：人物的暧昧，以善代恶，文明中的虚无主义问题，同类别的其他问题，会是眼前的问题。喏，这就是陀思妥耶夫斯基影响的秘密，加上这个小东西，说不清道不明的小东西，不可替代的小东西，却具备振振有词的说服力，却成为一个男子的征服力。就他的情况而言，我要说，陀思妥耶夫斯基是个天才。

——［刚才您谈到荒诞……（听不清）］

——你们知道的吧，在作家的介入方面，我经历了巨大的演进，那就是人们对我讲得实在太多，到头来都把我搞厌倦了，到头来我阅读了那么多被假设为介入的作家，等到行动的时刻，却躲在家里，而那么多被假设为非介入的作家，他们，一旦危险出现时，却处于第一线。相比之下，我认为必须对作家介入的概念加进些许细微差别。（掌声）

——［除了《群魔》和《战争与和平》，还有哪四本或五本作品对您产生过影响呢？］

——好，我想应当加上《堂吉诃德》，你们瞧见了吧，我是折中派，还得加上帕斯卡尔的《思想录》，还应当加上一本杰作，我想说《愤世嫉俗者》，莫里哀所著，当然喽。（笑声）

——［在当代作家中，那些您……］

——小姐，我赞同瓦雷里的见解，他非常年迈的时候说道："上了我这把年纪，都学会容忍别人的著作啦。"（笑声、掌声）请楼厅上的那位先生提问。

——［《群魔》中哪个人物可能作为年轻人的榜样？］（笑声）

——这给人出了一道难题啦，好吧，咱们瞧瞧吧。喔，不，有人提示我说"第科尼主教"！我说不好，但确实，您认为绝对必要让年轻人有个榜样吗？

总而言之，那得由他们自个儿设立各自得天独厚的形象。这么说吧！《群魔》应该有的吧。那么，现在，当然，我的脑子有些混乱啦。谁又善良又可亲呢？喔，沙托夫吧！

但让咱们想一想。我怎么没有想到沙托夫呢？很明显，他是牺牲者。你们瞧见了吧！给年轻人出主意很好嘛。

——［关于沙托夫的问题。］

——沙托夫多半代表陀思妥耶夫斯基本人。我想说陀思妥耶夫斯基起初就是虚无主义者，很像彼得·维尔科文斯基，很像他本人搞谋反时周边的那些人，搞来搞去，弄得最痛苦的却是沙托夫，这是我的看法。因为实际上他有东西可说，而又不是戏剧要素，很难再给他陀思妥耶夫斯基已经给过他的言语了，很难让他叙述陀思妥耶夫斯基的理论了，但您若读小说，您若重读小说，我深信的是当您从这里出去，您将想起陀思妥耶夫斯基让他讲了一定数量的真情实况，这不，他在舞台上说出来了，他了解一定数量的事情；离谱悖论和讽刺挖苦，这是斯塔夫罗金让他弄明白的。一天，斯塔夫罗金闹着玩儿编派实证理论，是不是，但他已经明白一定数量的东西，特别是不可能为他一个人重新发现其他人的道路，重新发现一种团结一种道德或一种爱情的道路，同时又不相信两件事儿：不相信上帝，这是陀思妥耶夫斯基在说话；不相信他的人民。从这个观点出发，沙托夫恰恰是陀思妥耶夫斯基的代言人。出于这个原因，他就能成为极端烦人的小说人物。正巧他也有不烦人的时候，陀思妥耶夫斯基便灵机一动，恰好让他成为一个牺牲品，正如你们所知道的，牺牲品总是令人怀有恻隐之心。除此之外，沙托夫的理念建立在若干立场的基础上，而这些立场对陀思妥耶夫斯基本人来说并不十分令人鼓舞。他的沙文主义，这不，他憎恨一切不是俄罗斯的东西，按我的意思，并不是好的立场，我们不能憎恨一切不是自己国家的东西，因为到头来只剩下自己的国家可以让人满足了，一旦在自己的国家找不到满足时，那就不再有任何可以使人满足的东西啦。

——［先生，为什么在关于"相信上帝"时，您都明确指出这是陀思妥耶夫斯基所言呢？］

——因为光明正大，先生，我不能把陀思妥耶夫斯基说的话当作自己所言：是他这么说的，我也力所能及使他光明正大地说出他的想法，但我明确指出是他所言。在这个层面上，我在这里是陀思妥耶夫斯基的临时代言人。然后也为了其他的事情，那就是我没有解决自己账上的问题，我忘记增加的东西。（掌声）

——［有关斯捷潘·特罗菲莫维奇·维尔科文斯基。］

——我绝对忠实于小说人物的演变。（……）起初，陀思妥耶夫斯基讨厌斯捷潘·特罗菲莫维奇，这是明显的，因为他最憎恨的东西并非着重于虚无主义，而是某种含糊的自由主义，而这种自由主义创造了条件，使虚无主义得以在这个舞台表达，从而得到发展。因此，他憎恨斯捷潘·特罗菲莫维奇，终于我说出他憎恨、憎恶斯捷潘·特罗菲莫维奇的程度几乎等于他憎恨屠格涅夫，这么说并不夸张。然而，这反倒成为一位艺术家身上的浪漫性推动力，这不，假如他把思路推理到底，那么肯定无疑斯捷潘·特罗菲莫维奇会继续成为一个丑角，一个令人可怜的丑角。然而，他这个丑角当得极端可怜，因为到头来，他"死得像托尔斯泰"，而托翁死于1910年——请注意，陀氏并不知道托翁会那么长寿。总之，我想说这是相当感动人的，却不能搬上舞台，因为他死在旅途中。事实上，他死于乡村偏僻的客栈里，在他死亡的过程中，通过自身痛苦的体验，被他心爱的女人赶出家门，他丧失所有依靠之后，剩下只有两个东西：孤独，和在路途上、村庄里围绕着他的人们。通过这种体验，极端外露极端简朴，在这类心灵荒漠中，他产生一种启示，使他看清自己一直以来都搞错了，他一直都在撒谎，即使讲真话时也说的是假话。我已经注意到这句话使你们发笑了，我应当说此话每晚都令人发笑。确实，启示摆在那儿，在陀思妥耶夫斯基身上有一种讽刺而幽默的意向。然而，我，就个人而言，这一句话，连同随后的部分，因为加添一些类似最困难的事情，是活着而不相信自己的谎言。连带接下来的，我觉得这是最最震动人心的发现之一，是一个人到达生活极端时能够得到的一个发现：一言以蔽之，人们能向您作出的回答，是以下的回答，那就是陀思妥耶夫斯基出于反对他搬上舞台的人物，怀着将其以漫画手法描绘的愿望，利用作家这个权利——恰如人们所说创作者利用自己的创作权利，他完全原谅斯捷潘，并以某种方式使特罗菲莫维奇先生复活在他自己特有的天地里……（掌声）

——［有关可能修改剧本的问题。］

——如果有时间有欲望有许多钱和必需的便利，干脆把我的初始版本翻出来修改，但最初这个版本要演上四小时二十五分钟……实际上，我对你们刚听完的剧本要责怪之处是关乎许多重要的事情，也许对人物对情节不怎么重要，但对人们的生活、沟通却很重要。

——［您对改编一个剧本和创作一个剧本赋予同样的重要性吗？］

——我以为已经回答了这个问题啦。简单说吧，首先，与人们可能想象的相反，我不怎么认真看待是改编一个剧本还是书写一个原创剧本。不管在什么情况下，对于我来说，这是一种欠重要的事情，一种次要的事情，或一种并不令人遗憾的事情。其次，我极其心安理得搞改编，因为改编与创作的比例掌握得很好，请尽管相信我不会跟随你们给我列举的例子，我认为自己牢记《熙德》[1]是一部相当杰出的改编剧，我还记得《吝啬鬼》就是根据 16 世纪名

1　高乃依（Pierre Corneille，1606—1684）的代表作。

为拉里韦的法国剧作家的剧本改编的，而拉里韦是根据 16 世纪初佛罗伦萨的剧作家（改编的），后者则是根据普劳图斯 [1]，就这样改编再改编之后就有了《吝啬鬼》出现在我们的保留剧目中。好吧，我希望《群魔》将拥有拉里韦作品的位置，莫里哀的名字也接踵出现。（掌声）

——［您把陀思妥耶夫斯基的作品搬移到戏剧场是您个人的问题，还是一项使命呢？］

——肯定不是一项使命，这不是我要考虑的，但显然是乐趣。这是一个艺术家生命中经常被人忽视的事情：写作的愉悦、创作的愉悦、改编的愉悦，尽管都是表象，尽管人们对此有什么说法。作为艺术家，我从来不是只做我喜欢的事情。这不，我很高兴改编了《群魔》。我心情急切，乐观其成，自然这种个人欲望，如你们所见，在剧场里起了很大的作用。话是这么说，毕竟我觉得，虽然不提及使命，我们觉得重要的是在舞台上要讲出来，在 1959 年的法国舞台上要讲出来。有两大理由。第一个理由，是在这些事情讲出来的同时，一定数量的其他事情还没有说出来。第二个理由，就是这些已经说出来的事情使我觉得很重要，因为这些都是摆在我们社会中与我们切身有关的问题，也是，尤其是有关我们的未来。

1　普劳图斯（Plautus，前 254？—前 184），古罗马喜剧作家。

先驱译丛

主编 沈志明

福楼拜（1821—1880）

《福楼拜文学书简》丁世中 译

波德莱尔（1821—1867）

《恶之花》王以培 译

迪雅丹（1861—1949）、拉博（1881—1957）

《月桂树已砍尽：意识流先驱小说选》沈志明 译

洛特雷阿蒙（1846—1870）

《马尔多罗之歌》卢盛辉 译

兰波（1854—1891）

《孤儿的新年礼物：兰波诗歌集》王以培 译

塞利纳（1894—1961）

《与Y教授谈心》沈志明 译

法朗士（1844—1924）

《我们为什么忧伤：法朗士论文学》吴岳添 译

德彪西（1862—1918）

《印象审美：德彪西论音乐》张裕禾 译

克洛岱尔（1868—1955）

《以目代耳：克洛岱尔论艺术》罗新璋 译

纪德（1869—1951）

《纪德论陀思妥耶夫斯基》沈志明 译

普鲁斯特（1871—1922）

《斯万的一次爱情》 沈志明 译

普鲁斯特（1871—1922）

《超越智力：普鲁斯特读本》沈志明 译

巴尔扎克（1799—1850）

《三十岁的女人》沈志明 译

加缪（1913—1960）

《群魔》沈志明 译

我思，我读，我在

Cogito, Lego, Sum